盞結＜うきゆい＞

新釈古事記伝〈第二集〉

阿部國治・著
栗山　要・編

致知出版社

自宅の縁側で寛がれる阿部國治先生ご夫妻（昭和15年頃）

◇ 著者紹介

明治30（1897）年、群馬県勢多郡荒砥村（前橋市城南町）に生まれる。荒砥村尋常小学校、群馬県立前橋中学校、第一高等学校を経て、大正10年東京帝国大学法学部英法科を卒業。大学院に進む。同大学副手。昭和２年東京帝国大学文学部印度哲学科卒業。私立川村女学院教頭、満蒙開拓指導員養成所教授、教学部長を経て、私立川村短期大学教授、川村高等学校副校長となる。主な著書に『ふくろしよいのこころ』『まいのぼり』『しらにぎて　あおにぎて』等がある。昭和44（1969）年、死去。笠間市月崇寺に葬る。

盞結

目次

目　次

はじめに

『古事記』は大和心（やまとごころ）の聖典《ひじりのふみ》であって、また、大和心は人の心の中で最も純《きよ》らかな心で、『古事記』はこの大和心の有り様を示しております。

人の創る家、村、国の中で、最も純らかなのは、神の道にしたがって、神の道の現われとして、人の創る家、村、国であります。『古事記』はこの神の有り様と、神の家、村、国の姿と形を示している聖典であります。

これほど貴い内容を持つ『古事記』が、現代においては、子どもたちが興味を持つに過ぎないお伽噺《とぎばなし》として留まっているのは、間違いも甚《はなは》だしいと言わなければなりません。

こんな有り様ですから、『古事記』の正しい姿を明らかにすることは、いつの世においても大切ですが、現代の日本においては、殊《こと》のほか大切なことであります。

このような気持ちで『古事記』に立ち向かい、『古事記』を取り扱っておりますが、これは筧克彦《かけいかつひこ》先生(元東京帝国大学法学部教授)のお導きによって、魂の存在に目を見開かせていただき、『古事記』の真の姿に触れさせていただいて以来のことであります。

こうして『古事記』を読ませていただきながら、『古事記』を生み出した祖先の魂と相対して、その心の動きを感じ、祖先の創り固めた家、村、国の命に触れて、あるときには泣き、あるときには喜び、日常生活の指導原理の全てを『古事記』からいただいております。

実に『古事記』というのは、汲《く》んでも汲んでも汲みきれない魂の泉と言ってもいいと思います。

昭和十六年六月

阿部國治

おことわり

この本をお読みくださるについて、予《あらかじ》め知っておいていただきたいことを申し上げます。

まず、各章の配列について申しあげます。

1、《へみはらい》とか《うきゆい》とかいうような題目は、何か題目があったほうがよかろうというので仮りにつけた題目であります。この題目でなければならぬというものでも、この題目がいちばんよろしいというものでもないのであります。

2、『古事記』の原典として、漢文で出ておりますのは、元明《げんめい》天皇の和《わ》銅《どう》五年に出来たところの〝かたち〟であります。稗田阿禮《ひえだのあれ》の諳誦《あんしょう》して伝えておったものを、太安萬侶《おおのやすまろ》がこのようなかたちで、漢文字にうつしたものであります。『古事記』のいちばんの原典は大和民族の〝やまとこころ〟そのものでありましょうが、文字に現わしたいちばんもとの〝かたち〟がこれであります。

3、《書き下し文》とあるところについて申しあげます。

『古事記』の原典として、漢文の〝かたち〟で伝わっていたものが、国民に読むことができなくなってしまっていたものを、水戸光圀公《みとみつくに》が嘆《なげ》かれて、近代の国学の初めを起こされ、本居宣長《もとおりのりなが》先生にいたって、初めて全体を読むことを完成されたのであります。

古来、伝わっておったのは『漢文』の〝かたち〟であって、これに古（いにしえ）の訓（よみかた）と思われる読み方をつけたものに『古訓古事記』というものがあって、これを書き下したものが《書き下し文》であります。

ここに引用したものは、岩波書店発行の岩波文庫本ですから、それを参考にしてくださることを希望いたします。

4、《まえがき》とあるところは、お読みくだされればおわかりのように、一段落を書き出すについてのご挨拶《あいさつ》のようなものであります。

5、《本文》となっているところは『古事記』の原典と『古訓古事記』とを〝みたましずめ〟をして、いわば、心読、体読、苦読して〝何ものか〟を掴《つか》んだ上で、その〝何ものか〟を、なるべくわかりやすく、現代文に書き綴《つづ》ったものであります。

したがって、書物としては、ここが各章の眼目となるところであります。まず、ここのところを熟読玩味《じゅくどくがんみ》してくださったうえで『古訓古事記』から『古事記』の原典まで、照らし合わせて、ご研究していただきたいのであります。

6、《あとがき》とあるところは、お読みくだされればおわかりになると思いますが、『古事記』のその段落を読ませていただき、平生《へいぜい》いろいろと教え導いていただいておりますので、心の中に浮かぶことを、そのまま書き著して、参考にしていただきたいのであります。

阿部國治

第三章　へみはらい

原文

御祖命告子云。可参向須佐能男命所坐之根堅洲國、必其大神議也。故、随詔命而、参到須佐能男命之御所者、其女須勢理毘賣出見、為目合而、相婚、還入、白其父言、甚麗神来。爾其大神出見而、告此者謂之葦原色許男、即喚入而、令寝其蛇室。於是其妻須勢理毘賣命、以蛇比禮授其夫云、其蛇将咋、以此比禮三挙打撥。故、如教者、蛇自静。故、平寝出之。亦來日夜者、入呉公與蜂室、且授呉公蜂之比禮、教如先。故、平出之。亦鳴鏑射入大野之中、令採其矢。故、入其野時。即以火廻焼其野。於是不知所出之間、鼠来云、内者富良富良、外者須夫須夫。如此言故、蹈其處者、落隱入之間、火者焼過。爾其鼠、咋持其鳴鏑出來而奉也。其矢羽者、其鼠子等皆喫也。

書き下し文

御祖命子に告りたまはく「須佐能男命《すさのおのみこと》の坐《ま》します根堅洲國《ねのかたすくに》に参向《まゐむか》ふべし。必ずその大神、議《はか》りたまひなむ」とのりたまひき。故《かれ》、詔《の》りたまひし命《みこと》の随《まにま》に、須佐能男命の御所《みもと》に参到《まゐいた》れば、その女《むすめ》須勢理毘賣《すせりひめ》出で見て、目合《まぐはひ》して、相婚《あ》ひたまひて、還り入りて、その父に白《まを》ししく「甚《いと》麗しき神来《き》ましつ」とまをしき。ここにその大神出で見て「此《こ》は葦原色許男《あしはらしこを》と謂《い》ふぞ」と告《の》りたまひて、すなわち喚《よ》び入れて、その蛇《へみ》の室《むろや》に寝しめたまひき。ここにその妻《つま》須勢理毘賣命、蛇の領巾《ひれ》をその夫《ひこぢ》に授けて云《の》りたまひしく「その蛇咋《く》はむとせば、この領巾《ひれ》を三たび挙《ふ》りて打ち撥《はら》ひたまへ」とのりたまひき。故《かれ》、教への如《ごと》せしかば、蛇自から静まりき。故《かれ》、平《やす》く寝《ね》て出でたまひき。また來る日の夜は、呉公《むかで》と蜂との室に入れたまひしを、また呉公蜂《むかではち》の領巾《ひれ》を授けて、先《さき》の如《ごと》教へたまひき。故《かれ》、平《やす》く出でたまひき。また鳴《なり》鏑《かぶら》を大野の中に射入れて、其の矢を採らしめたまひき。故《かれ》、その野に入ります時、すなわち火をもちてその野を廻《もとほ》し焼きき。ここに出でむ所を知らざる間に、鼠来て云ひけらく「内はほらほら、外《と》はすぶすぶ」といひき。かく言へる故に、其處《そこ》を蹈《ふ》みしかば、落ちて隠《かく》り入りし間に火は焼け過ぎき。ここにその鼠、鳴鏑を咋《く》ひ持ちて、出で来て奉りき。その矢の羽は、その鼠の子等《こども》皆喫《く》ひつ。

まえがき

《へみはらい》を漢字で書くと《蛇撥い》で、食い付いてくる蛇を払い除けることであります。

　これは『袋背負いの心』第二章《あかいだき》のつづきで、岩波文庫の『古事記』二十六頁八行目から二十七頁までを読んで、その中にある先祖の〝おさとし〟と〝こころ〟とを味わってみたいと思います。

　これらの言葉の中に、私たちに親しみやすいお諭《さと》しが含まれていると思うからで、前回の例にならって、現代文に書き改めます。

本文

□根《ね》の国へ

お子さまの大国主命《おおくにぬしのみこと》から

「今後、私はどうしたらいいでしょうか」

というご相談をお受けになった母神・刺国若比賣《さしくにわかひめ》は、すぐにはご返事がおできにならなかったと思います。

お子さまも真剣でした。母神さまも真剣でした。

しばらくの間、お二人の神さまは、無言のまま、じっと考えつづけられました。

このようにして、泣《な》き憂《うれ》いに沈まれた刺国若比賣は、その心の中に、天《あま》照《てらすおお》大御神《みかみ》のお指図《さしず》をお聞きになったのでありましょう。きっとしたお顔

をして、大国主命に向かい
「こうなっては、他に方法はありません。あなた自身が決死の覚悟で、根《ねの》堅洲国《かたすくに》に修行に行って下さい。そして、真面目な真剣な気持ちでもって、根堅洲国においでになる須佐能男命《すさのおのみこと》様にご相談しなさい。あなたが真心をもってお願いすれば、須佐能男命様は必ず親切に教え導いて下さるにちがいないと思います」
　こう仰せになりました。
　そのとき、刺国若比賣の眼には、涙がいっぱいたまっておったことと思います。
　というのは、いままでは八十神《やそがみ》たちが大国主命をお殺しになったのですが、こんどは、たとい死ぬことが目的ではないとしても〈一度、そこに行けば、帰ることはまず難しい〉と思われるところの根堅洲国、つまり
「黄泉国《よもつくに》に決死の覚悟で行きなさい」

と、母神であるご自身が仰せになるのですから、その胸中はどんなであったかと、お察し申し上げられるのであります。

大国主命は、母神・刺国若比賣のお言葉をじっと聞いておいでになりましたが、そのお心のうちをお察しになって

「はい、よくわかりました。仰せのように、こうなっては、もはや私が決死の覚悟で、最後の修行をするよりほかに道はありません。

これから、私は根の国の須佐能男命様のところに、お教えを受けにまいります。そのかわり、根の国の修行は真剣勝負だと聞いておりますから、もし修行しそこなって死に、再びお母さまにお目にかかれないでも、私は本望でございます。

もし、そういうことがあっても、お母さまはどうぞ悲しがらないで下さい。しかし、私はどんなことがあっても、耐え忍んで、きっと立派に修行して帰ってきます」

と仰せになったことと思います。

このようにして、大国主命は根の国に修行にお出かけになりました。八十神たちは、このことをお聞きになったにちがいありませんが、こんどは一人も後を追いかける者はありませんでした。それはそのはずで、八十神たちのなかには、一人として命がけで仕事をなさろうという方はなかったのですから、誰も根の国までは追いかけなかったのであります。

□修行者を待つ

さて、須佐能男命は、根の国で何をしておいでになったのでしょうか。高天原《たかまのはら》で天照大御神から徹底的な教えを受けられて、すっかり真心の燃え出した須佐能男命は、現《うつ》し国にお降りになって、ここで農業のもとになる蚕《かいこ》、稲、粟《あわ》、小豆、麦、大豆などの種《たね》をお作りになりました。

それから、八俣遠呂智《やまたのおろち》（八俣大蛇）をお退治になって、家のはじめをお作りになりました。

こうして、農業の基と子孫とを現し国にお残しになって、自分は父神の伊邪那岐神《いざなぎのかみ》とのお約束のとおり、根の国においでになりました。

それからの須佐能男命は、いよいよ農業の技をご研究になり、また、家庭生活の方法をご工夫になっておられました。

さらにまた、農業にとって必要な工業も商業も、あるいは、医業などもご研究になっておられました。

こうして、あらゆる方面の学問と技術とを修得されて、これを現し国に役立たせようとお思いになって、楽しみにしておられました。

須佐能男命は、いろいろの学問や技術をご研究になって、その研究の結果が出ると、これを自分の娘さんの須勢理比賣《すせりひめ》に教え、修得させておかれました。

こうして、いろいろの学問技術をお作りになった須佐能男命と、それをお父さまから会得《えとく》させせられた須勢理比賣とは、これを伝授するに足るだけの神さまが現し国から修行にくることを、どんなにか待ちこがれておいでになったことであろうと思います。

ところが、現し国から遠い根の国まで、命がけで修行にやって来る神さまはなかなかないのであります。たぶん、ときおりは殊勝《しゅしょう》に修行を志して、根の国まで行った神さまがあったかも知れませんが、須佐能男命や須勢理比賣が

「よくぞ、こういう方が来てくれた」

と仰せられて、お喜びになるほどの神さまは、誰一人なかったようであります。

それで、須佐能男命と須勢理比賣の間では

「せっかく、いろいろな学問技術を研究し、発明し、習熟しておっても、

なかなかこれを伝授することができないで寂《さび》しいことですね」

というような会話が、しばしばなされたことと思います。

こうして、須佐能男命と須勢理比賣は、立派な修行者がやってくるのを待ちこがれておられたのでございます。

□命がけの仕事

こういうところへ、母神さまの仰せに従い、現し国から大国主命が修行においでになったのであります。

根の国にお着きになるまでには、途中でいろいろな困難に出合われたことと思いますが、根の国にお着きになった大国主命は、すぐに須佐能男命の御殿に訪ねて行かれました。

ちょうどこのとき、須佐能男命は御殿においでになりませんでした。たぶん、何かの研究室におこもりになって、ご熱心に研究成果の整理でもなさっていたのでしょう。

須佐能男命は研究室におこもりになるとき、娘さんの須勢理比賣に向かって、次のように仰せになられました。

「姫よ、私はまた、これからしばらくの間、研究室にこもって、私の研究した学問技術の整理をしたいと思います。研究室にこもると、私は一切を振り向きませんから、あなたは私の留守の間、じゅうぶん気をつけておいでなさい。

それに、またいつものように、いろいろな修行者が訪ねてくることでしょう。姫よ、あなたは学問技術の精《せい》なのです。私はあなたにほとんど大部分のことは伝授してあります。

だから、修行者がやってきたときには、あなたが自分で、その修行者にお会いになって、よくお調べなさい。そして、本当の修行者でない者は、そのまますぐ追い払いなさい。

本当の真剣な修行者であれば、あなたを心から敬愛するはずですし、あなたもその修行者が尊敬できて、心から親切にして、道を伝授する手伝いをしてやりたいと思う心が起こるはずです。

姫よ、私もあなたも、もう何十年という長い間、本当の命がけの修行者が訪ねてくるのを待ったことでしょう。〈こんどこそ本当の修行者か〉と思っても、今までにきた修行者は、誰も彼もまことの修行者ではなくて、いつもあなたに追い払われてばかりおったのでしたね。

本当にもう、まことの修行者がやってきて、学問技術の精である姫の心にかない、姫の心を喜ばし、姫の使命を果たすときがきてよい頃なのですけれどね。

私も、自分の創った学問技術の精華《せいか》ともいうべき、生太刀《いくたち》・生弓矢《いくゆみや》を伝授することができたら、どんなにか嬉しいことなのですがね。

姫よ、その嬉しいときには、喜びを天上天下に知らすために、天詔琴《あめののりごと》という楽器まで出来ているのです。その嬉しい喜ばしいときには、この天詔琴はひとりで鳴り出すはずなのです。早くそういう時がくることを、お互いに祈りましょう。

私がこんど研究室から出てくるまでに、立派な修行者がきていてくれればよいがね。姫よ、くれぐれも注意して、私の留守にきた修行者を、いい加減に及第させてはいけません。

しかし、姫よ、あなたは学問技術の精なのです。だから、現し国から、本当に命がけの真剣な修行者がきたときには、あなたはその修行者に、身も心も捧げ尽くして、その修行者の命がけの修行を助けなければならない運命をもっています。

このことは、学問技術の精であるあなたにとっては、もとより喜ばしいことには違いないけれども、他面から言えば、あなたがその修行者と共にか、あるいは、後を追って死なねばならない場合があることを、覚悟しなければなりません。

真剣な修行者がきたときは、姫にとっても命がけの仕事の始まるときなのです。それがあなたの任務なのです。また、あなたの親である私も、これだけはいつも覚悟をしております。その時がきたときには、それを甘受《かんじゅ》しなければならないのです。

だから、命がけの修行者の来ることを願ってはおりますが、もし来たときには、私たち親子にとっても、一大事の始まる時なのです。

姫よ、このことは、決して忘れてはいけません」

須佐能男命は、このような細々《こまごま》とした注意を姫にお与えになって
「よくわかっておりますから、安心して研究室におこもりください」

という、姫からのしっかりした返事をお聞きになり、研究室におこもりになったのでありましょう。

□ 無言の試験

こういうわけで、根の国の御殿をお訪ねになった大国主命は、すぐには須佐能男命にお目にかからないで、娘さんの須勢理比賣にお会いになることになりました。

須勢理比賣は

「修行者がお見えになりました」

という報告を受けたので〈また、いつものとおりの本当の修行者ではなくて、私欲を満たす方便《ほうべん》に学問をするような、まやかしの修行者であろう〉とお思いになりながら

「ともかく、出会って試験をしましょう」

と言って、大国主命を応接間に案内させました。

そして、広間に出て、大国主命を一目ご覧になって〈おや?〉とお思いになりました。

というのは、須勢理比賣のご覧になった大国主命は、いままでやってきた修行者とは、まるで違った方であったからです。

お顔つきは真剣で真面目でした。しかも、落ち着き払っておられます。きょときょとした目はしておられません。服装はきわめて質素でしたが、嫌味《いやみ》のないきちんとした身なりでした。

須勢理比賣の胸の中には、喜びと希望の心がわきたちました。〈こんどこそは、本当の修行者が来たのかもしれない〉という気がしたからであります。そこで、姫は真剣に、大国主命に対して、いろいろ質問をなさいました。

「父はただいま、研究室で仕事をしておりまして、手が離せませんので、失礼ですが、私がお相手をいたします。留守の間に修行者がおいでになったときには、私がまずお相手をして〈修行においでになった趣旨をお伺いせよ〉という父の言い付けでございます」

「よろしくお願いいたします」

「それではお伺いしますが、あなたはどちらからおいでになりましたか」

「私は現し国からまいりました」

これを聞いた姫はたいへん驚きましたが、同時に、また非常に喜ばれました。というのは、父の須佐能男命が、いつも
「自分が研究した学問技術は、ただこうして、研究し修練しておいただけでは意味がない。どうしても、現し国（現実の世）で活用してもらわなければならないものである」

と仰せになっていたからであります。

したがって、大国主命から、このお話を聞かされた姫は、本当に心から喜び、次のようなご質問をなさいました。

「現し国からおいでになること自体が、すでに命がけだったと存じますが、いかがでしょうか」

「そのとおりです。現し国にいるときに、私は何回か死んでは生きしております。ここにまいりますからには、万一死んで再び現し国に帰れないでもよいと覚悟を決めております」

「次にお伺いしますが〈根の国の修行は命がけの真剣勝負の修行だ〉ということもご存じの上でおいでになりましたか」

「それもよく知っております。須佐能男命様からお導きを受けることが、私にとっては絶対に必要なことなのであります。それよりほかに、私としてはどうする道もないのであります。したがって、万一、修行のために死んでも本望であります。私としては〈お教えを真剣に受けたい〉という一念あるのみであります。たとい修行の途中で死んでも、いっこうに差《さ》し支《つか》えありません」

「よくわかりました。あなたは本当の修行者でいらっしゃいます。あなたのような真剣な修行者が見えたのは初めてで、あなたがおいで下さったことは、私にとっては何よりも嬉しいことでございます。父もどんなにか喜ぶことでしょう。

なお、もっとお伺いしなければならないこともありますが、お疲れでしょうから、今日はゆっくりご休息下さい。父の御殿は留守ですから、私の御殿にご案内いたします」

このようにして、大国主命は須勢理比賣の御殿に案内されて、そこで種々のもてなしを受けながら、しばらくの間、滞在されました。

この間、須勢理比賣から、無言の試験を受けておったことはいうまでもありません。須勢理比賣は全身を魂のようにして、大国主命の様子を観察しておったのであります。

大国主命も、それとなく須勢理比賣の様子を見て〈これはふつうのお姫さまではない〉ということに気がついたことはいうまでもありません。

須勢理比賣のほうからは

「この方は、たしかに真剣な修行者に違いない」

という念入りな試験をしておったわけですし、大国主命のほうからは、
何かしら姫の様子が真剣なのに
「これはただごとではない」

というものを感じておりました。

こうして数日がすぎました。すると、須勢理比賣は大国主命に面会を申し込まれ、次のように仰せになりました。

「私の御殿にお呼びして、滞在をお願いしておきながら、たいへん失礼いたしました。実は、父神・須佐能男命の言い付けでもありますし、私の任務でもありますので、あなた様のご様子を拝見しておったのであります。

その結果、あなた様が本当の真剣な修行者であるということを確信いたしました。そこで、今日は私のほうからご面会をお願いして、いろいろとご相談を申し上げようと思いました。

父神・須佐能男命のただいまの仕事は、ひたすら学問技術を磨くことですが、その仕事もほぼ完成に近づいております。父はこれを修行者に伝授して、現し国で役立ててもらうことを待っております。

私は父の愛娘《まなむすめ》ですが、ただの娘ではなくて、学問技術の精なのであります。父神の学問技術の研究は命がけですから、その伝授も命がけの人でなければできないのであります。

そこで、学問技術の精としての私の任務は、命がけで学問技術の道を求める方がおいでになったときには、その方に身も心も捧げて、その方の修行と一緒になって、命がけでお助けすることになっております。

あなた様は本当の修行者ですから、私はあなた様と一心同体になって、あなた様の修行をお助けしたいと存じます。いわば、あなた様の奥さまのようなものとなって、あなた様の修行をお手伝いして、父神の研究の結果を完全に修得していただきたいと存じます。

もとより、命がけの修行ですから、もしもあなた様が修行しそこなって命を失われるようなときには、私もむろん生きてはおりません。

私はこういう任務を持っておる者ですが、あなた様は、私のこの申し出をお受けになって下さいますか。お受け下されば私も本望ですし、父神・須佐能男命も喜ぶと存じますが、いかがでございましょうか。

もしもお受けいただけないようでしたら、あなた様はこのままお帰り願わなければなりません。そして、私はまた何年でも、何十年でも、本当の修行者を待たなければなりません」

これは、須勢理比賣が出された最後の試験問題でありましたが、これをお聞きになった大国主命は、もとより覚悟のことですから、須勢理比賣のすべての申し出を喜んでお引受けになりました。

＊

『古事記』の本文には、ここのところを〈須勢理毘賣出見、為目合而、相婚〉と書いてあります。これを、本居宣長《もとおりのりなが》先生は〈須勢理毘賣出で見て、まぐあひして、みあひまして〉と読ませております。

このように簡単に書いてありますから、きわめて手軽に考えてしまいますが、これはたいへんな間違いであります。

くれぐれも申し上げますが『古事記』を読むときには、一文字一文字、一句切れ一句切れを、全身全霊をこめて読まなければなりませんし、また読めるようにならなければダメであります。

＊

□ 葦原色許男《あしはらしこお》

こうして、大国主命は、すなおに須勢理比賣の申し出を、お引受けになって、姫から修行についての心構えの伝授をお受けになりました。須勢理比賣は、こういう立派な修行者が来たので〈さだめし父神もお喜びになるだろう〉と思って、須佐能男命が研究室からお出になるのを待っておられました。

するとしばらくたって、御殿からお使いが来て
「須佐能男命は研究室からお出になって、姫をお呼びになっています」

と、お伝えしました。

そこで、須勢理比賣は早速、父神のところにまいりまして、次のように仰せになりました。

「お父さま、この間、一人の修行者が現し国からまいりました。いろいろと尋ねてみたり、ご様子を注意してみましたが、本当に立派な方のようでありますお父さま、私は〈こんどの方は本当に命がけの修行者である〉と確信しております。お父さまの研究の成果を伝授する資格のある方と信じております」

須佐能男命は、この言葉をお聞きになって、たいそうお喜びになり〈御殿にお連れするよう〉言い付けられました。

須勢理比賣は、大国主命を父神の御殿の客間に案内なさいました。須佐能男命は客間にお出になって、大国主命にお会いになり、いろいろとお尋ねになって、姫の言葉どおり、真剣な修行者であることを確かめました。

そして、須勢理比賣やその他の者に仰せになりました。

「こんど来た修行者は、葦原色許男《あしはらしこお》（大国主命の別名）という、現し国から来た真剣な修行者です。私はこういう修行者が来るのを、永い間、待っておりました。

こういう修行者を得ましたので、これから、私の学問技術の伝授をはじめます。修行も命がけ、伝授も命がけです。みんなしっかりして、準備をしたり、協力したりして下さい」

こうして、根の国の一同は、すっかり緊張して、熱心にいろいろの準備が整えられました。根の国にとっての一大事が始まって、大国主命はその間、じっと待っておられます。

やがて、準備が整いました。

□蛇《へび》の比礼《ひれ》

まず第一の伝授は『へみはらい』つまり〈蛇退治の術〉でありました。

この術を伝授する準備ができますと、須佐能男命は大国主命をお呼びになって申されました。

「ここに、あらゆる種類の蛇を集めた部屋があります。あなたはこの部屋の中に入って、蛇と一緒に寝たり起きたりして、生活を共にして『へみはらい』の術を会得しなさい」

大国主命は

「かしこまりました」

とお答えになって、蛇の部屋に入って行こうとなさいました。すると、須勢理比賣がおいでになって仰せになりました。

「ここに『蛇《へび》の比礼《ひれ》』と言って、蛇を制御する術の極意ともいうべきものがありますので、これをお持ちになって下さい。しかし、これをお使いになるまでには、あなた様自身の、あらん限りの力と知恵をお出しにならなければなりません。

そして、絶体絶命の状態になって〈もはや蛇に食い付かれるよりほかない〉というときになりましたら、この比礼を三度お振りになって下さい。そうすれば、蛇はおとなしく打ち払われます。

初めから、この比礼をお使いになっても効果がない上に、かえってこの比礼は役に立たなくなりますので、このことをお忘れにならないようお願いします」

こうして、大国主命は、姫からいただいた『蛇の比礼』を持って、蛇の部屋に入って行かれました。部屋の中には、有毒無毒、大小さまざまの蛇がいっぱいおったので、どんなにか気味の悪かったことでしょう。

初めは、蛇どもは大国主命の様子をうかがっておりましたが、だんだん時がたつにしたがって、大国主命に向かって行きました。それで、大国主命はあらん限りの力と知恵を出して、その蛇どもを払い除けておりましたが、蛇は入れ代わり立ち代り、大国主命に手向かっていきました。

とうとう、大国主命は〈もうこれまでだ〉と覚悟をしたときに、須勢理比賣から授《さず》かった比礼のことを思い出しました。そこで、その比礼を手に取って三度振ったところ、さしもの蛇どももみんなおとなしくなって、大国主命にお辞儀《じぎ》をし、降参するような仕草をして、さらに、懐かしそうな目つきをして、静かに側から離れて、大国主命がお休みになる場所を空けました。

大国主命は〈なるほど〉と思われると同時に、なおいろいろ工夫を加えて『蛇の比礼』の使い方をすっかり会得し、蛇の部屋でゆっくりお休みになって、翌日、出ておいでになりました。須勢理比賣と須佐能男命がお喜びになったことはいうまでもありません。

第一の伝授に、見事に及第なさいましたので、その後、次々に命がけの修行が始められました。

呉公《むかで》の部屋に入って『呉公《むかで》の比礼《ひれ》』を使うことを会得されました。蜂《はち》の部屋に入って『蜂の比礼』を使うことを会得されました。その他、いろいろの動物を利用する道を会得されました。これらはみんな、命がけの修行であったことはいうまでもありません。

この間、ずっと須勢理比賣は大国主命と生死を共にして、そのご修行のお手伝いをなさいました。

現代風に申しますならば、大国主命は第一段階の試験に及第なさって、農業や医術などの技術的な極意の伝授をお受けになったのであります。

□ 鏑矢《かぶらや》取り

そこで、こんどは第二段階に入り、修行はいよいよ困難なものになってまいりました。

須佐能男命は、大国主命をお呼びになって仰せになりました。

「葦原色許男《あしはらしこお》（大国主命の別名）よ。あなたは見事に第一段階を及第しましたので、次の段階に進もうと思います。

こんどの修行は厳しいので、その覚悟でいて下さい。そのうえ、姫よ、あなたは絶対に形に現われた助成をしてはなりません。どこまでも葦原色許男自身の中から、問題解決の力を出さなければなりません。葦原色許男よ、どうぞ、しっかりやって下さい。

あなたの中には、その力があるはずです。万一油断があって、あなたの中からその力が出ないときには、こんどの伝授はできないのです。そうなれば、あなたは永遠に死ななければなりません。姫よ、あなたも死ななければなりません。

私もまた、次の姫が生まれるのを待って、次の修行者がくるのを、いつまでも待っていなければなりません。

葦原色許男よ、よいか、しっかり頼みますぞ」

こうして、伝授の準備が始まり、すっかり整いました。

須佐能男命は、手に弓と矢をお持ちになり、大国主命と須勢理比賣をお連れになって、御殿から外に出て行かれました。真剣勝負の極みですから、三柱《みはしら》の神さまはどなたも無言でした。

やがて、広い野原のあるところまできたとき、須佐能男命は静かに立ち止まり、大国主命に向かって

「葦原色許男よ、私はいま、この矢を大野に向かって射ます。この矢は鏑矢《かぶらや》ですから音がします。目と耳で進むところを確かめて、この矢を探しておいでなさい。それっ！」

とおっしゃって、矢を射ました。

大国主命は、その矢が飛んでいった大野の中に進んで行きました。須佐能男命と須勢理比賣とは、大国主命の後ろ姿を見送って〈しっかりやってくれ〉とお祈りになったに違いないと思います。

こうして、大国主命は大野の中にまいりまして〈矢の落ちたところはこのあたりかな〉と思って、立ち止まりました。

すると、どうでしょう。大国主命が立っている周囲から、火がどんどん燃えてきて、どちらを向いても一面の火であります。大国主命は〈この火の輪の外に出る道はないか〉と思って見回しましたけれども、どこにも出口はなくて、絶体絶命の状態になりました。

大国主命は〈こんどはいよいよ死ぬよりほかはない〉と思いましたが、〈どんなことがあっても死ぬまい〉と決心をして、だんだんと燃え近づく火の輪の真ん中に、どっかりとあぐらをかいて、静かに目をつぶって、み魂鎮《たましず》めをして、生死を超越した穏やかな気持ちになりました。

□ 鼠《ねずみ》の一家

その時に、大国主命の膝《ひざ》の上に、ちょろちょろと、鼠《ねずみ》が一匹、駆け上がってきました。大国主命は

「おお、可哀想《かわいそう》に……。私のためにお前までまきぞえをくって焼け死ななければならないのか」

とお思いになって、目に涙をお浮かべになりました。

鼠は大国主命のお顔をじっと見ておりましたが、しきりに何か言ってい

るようであります。大国主命は〈鼠の言葉が聞き分けられるはずがない〉と思いながらも
「おお、可哀想に……。鼠だけでも何とかして助けてやりたい」
と、手で火の熱さをさえぎりながら、鼠の訴えていることを聞いてやろうと、じっと耳を傾けて、顔を鼠の近くに持っていきました。
するとどうでしょう。鼠の声は
「内はほらほら、外はすぶすぶ」
と聞こえるのであります。
この声をお聞きになった大国主命は、大急ぎで鼠を抱き締めて、すっくと立ち上がりました。そして
「おお、そうか!」
と言いながら、あらん限りの力を出して、足で地面をどんどんと〈地の底まで砕けよ〉というほどの勢いで踏み付けました。

すると、地面が二つに割れて、その下に手頃の穴ができて、鼠を抱いた大国主命の身体は、そのまま穴の中に落ち込んでしまいました。大国主命は衣服を脱いで、頭の上を蔽《おお》って、火や煙が穴の中に入り込むのを、一所懸命になって防ぎました。そうしているうちに、火は草を焼いて、向う側に行ってしまいました。

こうして、大国主命は死の覚悟をしておったところへ、鼠が来たので、自分の生死も忘れて、鼠を助けようとしたところが、かえって鼠も自分も死地を脱することになったのであります。ほっとして周囲を見回すと、その穴の側面に鼠の巣があって、鼠の子がたくさんおりました。

大国主命は

「なるほど、ここに鼠の巣があって、このままで火がやってくると、鼠の一家は焼死するので、親鼠が自分を呼びに来たわけだったのか」

とお気付きになり、心の中に首肯《うなず》くものがありました。

大国主命は、これで火を統御する術を会得《えとく》しました。

そこで、こんどは〈どうして矢を探そうか〉と考えておいでになると、さっきの鼠が鏑矢を口にくわえて、大国主命のところに持ってまいりました。大国主命は

「おお、矢もあったか」

と思って、その矢をよく見ると、羽のところは鼠の子どもたちがきれいに食い取っておりました。

これで、大国主命は、立派に第二段目の試験に及第して、弓矢を扱う術と、火を統御する術と、動物と一心になる方法とを伝授されたのであります。

あとがき

以上、書き下してきたところに含まれている先祖の教えを反省いたしたいと思います。

《ふくろしおいのこころ》は、それをつきつめますと《あかいだき》になりますが、それだけでは不充分であります。真心のあるところ、親切心のあるところには、必ずその真心や親切心を実現する事柄がなければなりません。

親の真心は、子供に対する食べ物の上、着る物の上に現われます。ここに、種々の学問技術の必要があります。

要するに、学問技術は《ふくろしおいのこころ》つまり、愛の心を実現するするための手段・方法でありまして、そこで、大国主命がその研究をするわけであります。

ところが、人生は〝いのち〟を生きることですから、その〝いのち〟を生きるための手段であるところの学問技術も、その創造がすでに命がけですし、その伝授も修得も、本来、命がけのものであります。

徳川時代には
「男子立志出郷関。学若無成死不還。埋骨豈惟墳墓地。人間到処有青山」

(男児志を立てて郷関《きょうかん》を出づ。学若《も》し成らずんば死すとも還《かえ》らず。骨を埋むる豈惟墳墓《あにふんぼ》の地のみならんや。人間到る處青山《ところせいざん》あり)

という詩を、口ぐせのようにしておったようですし、孟母断機《もうぼだんき》の教えもありました。入唐留学した阿部仲麿《あべのなかまろ》などは現地で死にました。

「虎穴《こけつ》に入らずんば虎児《こじ》を得ず」

という諺《ことわざ》もありますし、昔の武者修行は命がけでありました。

農業の技は、つづめてみれば、蛇《へび》、百足《むかで》、蜂《はち》、その他、もろもろの動物を相手にするものであります。農業の技が現在まで進歩するためには、これらのためにどれだけ多くの人が命を失ったかわかりません。現在でも毎年、マムシのために死ぬお百姓があります。

こうして考えてみますと、学問技術は実に大切なもので、そして、生きた学問技術は、必ず実地が伴わなければなりません。

たとえば、水泳にしても、その理論と実際とは別物で〈実際があって、その中から理論が生まれてくる〉のでして、現実の水泳術の研究には危険を伴います。須佐能男命が大国主命にお与えになった修行方法が厳しいわけがうなずけます。

古来の武道、禅道、茶道、その他の道を修めた道場主が、道を伝えるにたる弟子を求めた心と、その道の伝え方の真剣なことを考えれば、このお話の中のお諭《さと》しが、よくおわかりになることと思います。

大国主命の《へみはらい》や《鏑矢取り》は、決して、昔々あったお話ではありません。日常、いつでもあることなのであります。

ツツガムシ病の研究で倒れた学者は《へみはらい》しそこなったのであります。われわれはいろんな研究において、成功を目標としなければなりませんが、成功する途中で倒れることも尊いのであります。

私はつつしんで、読者とともに《へみはらい》や《鏑矢取り》に出かけて、途中で倒れたわれわれの先輩に敬意を表して、今回の反省を終わりたいと存じます。

第四章　しらみとり

原文

於是其妻須勢理毘賣者、持喪具而哭来、其父大神者、思已死訖、出立其野。爾持其矢以奉之時、率入家而、喚入八田間大室而、令取其頭之虱。故爾見其頭者、呉公多在。於是其妻、取牟久木實與赤土、授其夫。故、咋破其木實、含赤土唾出者、其大神、以為咋破呉公唾出而、於心思愛而寢。爾握其神之髪、其室毎椽結著而、五百引石、取塞其室戸、負其妻須勢理毘賣、即取持其大神之生大刀與生弓矢、及其天詔琴而、逃出之時、其天詔琴、拂樹而地動鳴。故、其所寢大神、聞驚而、引仆其室。然解結椽髪之間、遠逃。故爾追至黄泉比良坂、遥望、呼謂大穴牟遲神曰、其汝所持之生大刀、生弓矢以而、汝庶兄弟者、追伏坂之御尾、亦追撥河之瀬而、意禮為大国主神、亦為宇都志國玉神而、其我之女須勢理毘賣、為嫡妻而、於宇迦能山之山本、於底津石根宮柱布刀斯理、於高天原氷椽多迦斯理而居。是奴也。故、持其大刀、弓、追避其八十神之時、毎坂御尾追伏、毎河瀬追撥、始作國也。

書き下し文

ここにその妻須勢理毘賣《すせりひめ》は、喪具《はふりつもの》を持ちて、哭《な》きて来、その父の大神は、已《すで》に死《みまか》りぬと思ひてその野に出で立ちたまひき。ここにその矢を持ちて奉りし時、家に率て入りて、八田間《やたま》の大室《おおむろや》に喚《よ》び入れて、その頭《かしら》の虱《しらみ》を取らしめたまひき。故《かれ》ここにその頭を見れば、呉公《むかで》多《さは》なりき。ここにその妻、椋《むく》の木の實《み》と赤土《はに》とを取りて、その夫《ひこぢ》に授けつ。故《かれ》、その木の實を咋《く》ひ破り、赤土《はに》を含みて唾《つば》き出《いだ》したまへば、その大神、呉公を咋ひ破りて唾き出すと以為《おも》ほして、心に愛《は》しく思ひて寝ましき。ここにその神の髪を握《と》りて、その室の椽毎《たりきごと》に結《ゆ》ひ著《つ》けて、五百引《いほびき》の石《いわ》をその室の戸に取り塞《さ》へて、その妻須勢理毘賣を負いて、すなわちその大神の生大刀《いくたち》と生弓矢《いくゆみや》と、またその天《あめ》の詔琴《のりごと》を取り持ちて逃げ出でます時、その天の詔琴樹《き》に拂《ふ》れて、地動《つちとよ》み鳴りき。故《かれ》、その寢ませる大神、聞き驚きて、その室を引き仆《たふ》したまひき。然れども椽《たりき》に結《ゆ》ひし髪を解かす間に、遠く逃げたまひき。故ここに黄《よ》泉比良坂《もつひらさか》に追い至りて、遥《はるばる》に望《みさ》けて、大穴牟遲神《おおなむぢのかみ》を呼ばひて謂《い》ひしく「その汝《いまし》が持てる生大刀・生弓矢をもちて、汝が庶兄弟《ままあにおと》をば、坂の御尾《みお》に追い伏せ、また河の瀬に追ひ撥《はら》ひて、おれ大国主神となり、また宇都志國玉《うつしのくにたまの》神《かみ》となりて、その我が女《むすめ》須勢理毘賣を嫡妻《むかひめ》として、宇迦《うか》の山の山本に、底つ石根《いはね》に宮柱ふとしり、高天の原に氷椽《ひぎ》たかしりて居れ。この奴《やっこ》」といひき。故、その大刀・弓を持ちて、その八十神を追ひ避《さ》くる時に、坂の御尾毎に追ひ伏せ、河の瀬毎に追ひ撥《はら》ひて、始めて國を作りたまひき。

まえがき

《しらみとり》は《虱《しらみ》取り》で、頭の髪の毛の中にいる虱を取ることであります。

今回は、前回に続いて、岩波文庫『古事記』の二十七頁の五行目から二十八頁の四行目までを読んで下さい。その中にある〝おしえ〟を味わってみたいのであります。

標題のつけようは《しらみとり》のほかにも、いろいろあると思いますが、毎回の例のように、私どもの日常生活において、いつも忘れられてはならないと思う〝おさとし〟を選んだのであります。

本文

□ 須勢理比賣《すせりひめ》の祈り

現《うつ》し国からやってきた本当に真剣な修行者の大国主命《おおくにぬしのみこと》を、伝授中の最難関とも言える伝授を受けさせるために、野原の中に送り出した須勢理比《すせりひ》賣《め》は

「どうぞ、見事に及第して、伝授をお受けになるように……」

と、ひたすら祈りつづけられたことと思います。

やがて、祈りを終えられて、大国主命の様子を見に野原へ行こうと思われました。たいていは及第して、無事におられるとは信じながらも、また一方では、こんどはやりそこなって、焼け死なれたのではないかという気もしました。

そこで、万一の場合には、見苦しくないように遺体の始末をする器具類も用意して持って行かれました。行く途中で、真《まこと》の道を歩み、真の道を会《え》得《とく》する者の哀れさと悲しさとを、ひしひしと感じられました。もし大国主命が《鏑矢取《かぶらや》り》に失敗なさったときには、須勢理比賣は大国主命の後を追って死ぬ決心であったのであります。

須佐能男命《すさのおのみこと》も、大国主命が及第されることを祈っておりました。しかし〈こんどはやりそこなって死んだかも知れない〉と思いながら、様子を見に野原にやってこられました。

ところが、大国主命は立派に及第して、自分が焼け死ななかったうえに、鼠《ねずみ》を助け、鏑矢も見つけておったのであります。

そこへ、須勢理比賣と須佐能男命とのお姿が見えましたので、大国主命は二人をお迎えになって

「お陰さまで、こんどの試験では、いろいろなことを会得させていただき

ました。弓矢を扱う術、火を統御する術、動物と一心になる術などを会得させていただき、まことに有難うございました。また、ご命令の鏑矢を探してまいりましたから差し上げます」

というふうに申されました。

こうして、難関の第二段階の試験に、見事に及第された大国主命の姿をごらんになった須佐能男命と須勢理比賣とのお喜びは、どんなであったことでしょうか。三柱《みはしら》の神さまは、思わず目に涙を浮かべられたことと思います。

こうして

「ああよかった、ああよかった」

という言葉を繰り返しながら、御殿にお帰りになりました。

そして、お祝いの宴《うたげ》が催され、須勢理比賣はかいがいしく御馳走《ごちそう》作りのお指図をなさり、須佐能男命と大国主命は、御馳走をいただきながら《鏑矢取り》の難問題解決の有り様などをお話になって、ほがらかな笑い声が聞かれたことと思います。

□最後の伝授

しかし、大国主命への学問技芸の伝授は、まだまだすんでいなくて、しかも、こんどの試験は、少しも試験らしくない形でやってきました。

充分に御馳走をおあがりになった須佐能男命は

「大国主命よ、せっかくこんなによい気持ちになったが、私の頭の髪の中に虱《しらみ》がおって、かゆくてかなわない。ひとつ虱をとってくれないか」

と仰せになりましたので、大国主命は

「はい、かしこまりました」

とお答えになって、須佐能男命の言い付けのままに、大きな部屋の真ん

中に、どっかりと横になられた須佐能男命の虱退治をはじめたのでありま
す。
須佐能男命の頭の髪の中には、たくさんの虱がいたので、大国主命はそ
の一匹一匹を丁寧に取り始めました。
須佐能男命は虱を取らせながら、よい気持ちになられて、夢うつつの中
におりました。大国主命が虱を取りながら気が付いてみると、須佐能男命
の頭の髪の中には、虱のほかにたくさんの呉公《むかで》がおりましたので、それも
取って潰《つぶ》しておられると、そこへ須勢理比賣がお出でになって
「虱取りのような、つまらなそうな仕事を、快くお引受けになって、よく
ご熱心になさって下さいます。これでまた《しらみとり》という一つの段
階に及第なさいました。そこで、こんどは私からあなたに、臨機応変の奇
策を伝授いたします」
こう仰せになって、須勢理比賣は大国主命に、椋《むく》の木の実と赤土《はに》をお渡

しになりました。

大国主命はそれをお手に取って、ちょっとの間、思案しておいでになりましたが、これをどう使うべきか、すぐにお気付きになったのでしょう。『呉公《むかで》の比礼《ひれ》』を取り出して、呉公《むかで》をすっかり手なずけて始末をなさいました。

そして、須勢理比賣がお渡しになった椋の実を噛《か》み砕き、赤土《はに》を口に含んで吐き出されました。須勢理比賣はこれをご覧になって

「それで結構です」

というふうに、首肯《うなず》かれました。

まもなく、須佐之男命がお目を覚まされて、その様子をご覧になって

「これで呉公《むかで》をかみ殺して、吐き出したというわけか。よしよし、なかなかうまいことをする奴だわい」

と言って、お喜びになり、またそのまま眼をつむって寝入ってしまい、

こんどはいつまでたっても眼を覚まさないで眠り続けられました。

大国主命は、虱を取り終わり、呉公《むかで》を始末し終わって
「虱をすっかり取りました」

とご報告しましたが、須佐之男命は眼をお覚ましになりません。そこで、大国主命はいっそう丁寧に頭の毛を整理をして、須佐之男命が眼を覚まされるのを、側にいて待っておりましたが、どうしたことか、待てども待てども眼を覚まされないのであります。

そこで、こんどはフケを取り、髪の毛を梳《くしけず》り、すっかり手入れをしてさしあげましたが、それでも須佐之男命は眼をお覚ましになりません。そのとき大国主命は、これがまた一つの試験であることに、お気付きになり〈どんな伝授があるのか〉と思って、じっと《みたましづめ》をして、考え込まれました。

須佐之男命は、気持ちよさそうに、ぐうぐう鼾《いびき》をかいて寝ております。

大国主命はその側でじっと座って《みたましづめ》をしておられます。

これが学問技術の最後の試験であり、最後の伝授が行われる非常に味わうべきところであります。

□天詔琴《あめののりこと》

やがて、大国主命はニッコリとお笑いになりました。それは、須佐之男命がご提出になった無言の問題をお解きになったからで、ただちに行動を始められました。

大国主命は、静かに須佐之男命の髪の毛を握って、それを一本一本ていねいに部屋の椽《たりき》に結びつけました。それでも須佐之男命は眠り続けておられます。そこで、大国主命はその大広間から出て、広間の入り口に重い大石を押しつけて出入口を塞《ふさ》ぎました。須佐之男命は依然として、眠りつづけておられます。

こうして、大国主命は須佐之男命が創造された学問技術の精華《せいか》ともいうべき、生太刀《いくたち》、生弓矢《いくゆみや》、天詔琴《あめののりこと》を御殿の中から探し出され、須勢理比賣をお呼びになって仰せられました。

「私は須佐之男命の無言の問題を解くことができて、こうして、生太刀、生弓矢、天詔琴を、自分の力で探し当てました。お陰様で、私には生太刀と生弓矢を使いこなす力が備わりました。それで、私はこれらをいただいて現し国に帰って役立たせなければなりません。ついては、生太刀、生弓矢の精霊であるあなたも、現し国にお連れしなければなりません。どうぞ、ご承知下さい」

須勢理比賣は、たいへんお喜びになって
「ああ、大国主命様、あなたは本当の修行者でした。父の試験に全部ご及第になって、すっかり伝授をお受けになりました。生太刀、生弓矢を得られたことがそのしるしで、私は本当に嬉しく思います。こうなりましたからには、私も現し国に連れて行っていただきます」

とおっしゃいました。

そこで、大国主命は、そうと決まったからには、早速断行しようと、須勢理比賣を背負われ、生太刀と生弓矢を手に持ち、それから、天詔琴を手にお持ちになりました。

「さあ、これで準備は整いました。現し国に向かって出発しましょう」

大国主命はこう言って、須佐之男命の御殿から出かけようとなさったところ、天詔琴が樹に触れて、大音声を出し天地に鳴りわたりました。

これ以上のめでたいことはないので、その喜びを天地に知らせるために天詔琴が鳴り渡ったものと思われます。伝授の完成の喜びを天上天下に知らせるために鳴りわたったのであります。

□免許皆伝《めんきょかいでん》の言葉

そのとき、ずっと眠り続けておられた須佐之男命は、すっと目をお覚ましになりました。緊張した、しかも喜びに満ちたお顔をして、目をぱっちりとお開きになりました。

そして、そこに大国主命も須勢理比賣もおいでにならないことを確かめられると、がばっと立ち上がられたところ、髪の毛が部屋の椽《たりき》に結びつけてあったものですから、その大広間がめりめりっと壊れてしまいました。

そのとき、須佐之男命は、

「なるほど、自分の無言の最後の試験問題を解いただけに、この髪の結びつけ方も一つ一つ違っておるわい」

と仰せになって、髪の毛を一本一本解きほどかれました。

それから立ち上がって、入り口のところへおいでになったとき、五百引《いほびき》の石《いわ》で塞《ふさ》がれているのをご覧になって

「これもよし。しかし、よくもこんな大きな石を運んできたものだな」

と感心なさって、その大石を取り除かれました。

それから外に出て、大国主命の様子をご覧になろうとなさいましたが、髪の毛をほどいている間に、現し国に向かって進んで行ってしまわれたので、姿がどこにも見えません。

須佐之男命は、その後を追いかけて、黄泉《よみ》の国と現し国との境である黄《よ》泉《もつ》比《ひ》良《ら》坂《さか》までやって来られますと、大国主命は須勢理比賣を背負われて、生太刀、生弓矢、天詔琴をお持ちになって、すでに現し国の中に入り、どんどん進んでおられました。

その有り様を、はるばるご覧になった須佐之男命は、大音声を張り上げて仰せになりました。

「おーい、おーい、大《おお》穴《な》牟《む》遅命《ぢのみこと》（大国主命の別名）よ。ちょっと待て。言い聞かすことがあるぞ。

お前は本当の修行者だった。自分の提出した試験に全部及第して、自分の創ったすべての学問技術を完全に伝授したぞ。お前が持っている生太刀と生弓矢がそのしるしだ。いままでのお前にはなかったものを、新たに備えたことになる。

その生太刀と生弓矢があるからには、決して誰にも殺されるようなことはない。いままでとは違って、こんどはお前のほうから、坂の御尾《みお》という御尾、河の瀬という瀬のいたるところで、八十神たちを追い伏せ、追い払って、その邪心を懲《こ》らしめてやりなさい。

そうすれば、自然にお前が大国主命という名にふさわしいところの、国の中心者になるぞ。また、現し国の人々の魂を導く中心者になるぞ。

そして、お前が背負っている私の娘の須勢理比賣を、いつまでも第一の補助者として、宇迦能山《うかのやま》の麓《ふもと》に御殿を築いて、そこを本拠としなさい。その御殿は、宮柱は太く、しっかりと根の国のほうに向かってゆるぎなく、冰椽《ひぎ》は高く高天原《たかまのはら》に向かって聳《そそ》り立つものとしなさい。

その他の飾りなどはどうでもよいぞ。しっかり頼んだぞ。大国主命よ」

これは、須佐之男命の大国主命に対する免許皆伝《めんきょかいでん》の言葉であります。同時に、大国主命のこれからのお仕事に対する祝福の言葉であり、祈りの言葉であります。

刺国若比賣《さしくにわかひめ》が

「根の国へ修行においでなさい。そうすれば必ず須佐之男命様が、いろいろと教導して下さいます」

と仰せになったとおり、終始一貫、徹頭徹尾、須佐之男命は大国主命に対して訓練をなさり、首尾よく及第させて、すべてを伝授して下さったのであります。

そこで、大国主命は黄泉比良坂の方に向かって、手をお付きになって

「まことに有難うございました。ご期待に添うだけの仕事をして、ご恩返

しをいたします」

と仰せになりました。

こうして、伝授者は得られたし、娘の形もついたので、須佐之男命の肩の荷は降りたのであります。

また、現し国にお帰りになった大国主命は、須佐之男命が祝福されたように、生太刀と生弓矢をもって、ご兄弟の八十神たちをいたるところで、その曲がった心を打ち直してゆかれ、大国主命の〝国造り〟という大切な建設の仕事がはじまったのであります。

あとがき

今回のところは、段落から申しますと、前回の分と切り離せないところですが、便宜《べんぎ》のために切り離しました。例によって反省をいたします。

□生命の犠牲

《鏑矢《かぶらや》取り》について、いま一度、味わってみましょう。

鏑矢取りに出かける大国主命を、野原に送り出した須勢理比賣も須佐之男命も、鏑矢取りの修行が〃いのちがけ〃であることは、十分承知しておられたのであります。

それは、須勢理比賣と須佐之男命とが、あとで野原へお迎えにおいでに

なるときのことを『古事記』の本文で
「須勢理比賣は喪具《はふりつもの》を持ちて、哭《な》きて来、その父の大神は、已《すで》に死《みまか》りぬと思ひて、その野に出で立ちたまひき」

と書いていることでも明らかであります。

ここで、反省しなければならないことは、この教えの中に
「平和の建設事業のためにも、われわれは生死を度外視して進まねばならぬ」

ということが、強く示してあることであります。

火の発見は偶然であったかも知れませんが、火の使用が人間生活のなかで役立つようになるためには、その方法が確立されるたびごとに、幾多の尊い生命が犠牲になっているというのであります。

その他、どんなことでも、人間の工夫によって出来た生活の技術というものは、みんな尊い生命の犠牲によって生まれ出たものであります。

したがって、ただ生命の安全第一で、何事にも危険がないようにと、ひたすら考えて仕事をするようでは、かえって、たいへんまずいことが生じるものであります。

たとえば、子どもを育てるにも〈ああしては風邪《かぜ》を引く、こうしては怪我《けが》をする〉というふうに、あんまり安全第一主義をとっていけば、かえって子どもの心身は弱くなって、反対の結果が生まれます。子どもが可愛いこと、子どもの生命が尊いことはいうまでもありませんが

「可愛い子には旅をさせよ」

と言われるように、ある程度までは風雨にさらすことが、子どもの心身を強くするものであります。

実は、生きているそのことが、常に死の危険にさらされていることなのでして、それだからこそ、生きているのは楽しい大切なことなのでありまず。個人でも、国家でも、安全第一主義とか言って、少しでも危険なこと

は一切避けようというふうになれば、その個人や国家は衰境《すいきょう》に入っているのであります。

□ 虱《しらみ》取りの術

つぎに《虱取《しらみと》り》について、反省してみましょう。

この《しらみとり》というのは、実に面白い話だと思うのでして、誰でも、他人の虱を心やすく取ってやることができるようになれば、たいしたものだと思います。第一、他人に

「おい、髪の毛の虱を取ってくれないか」

などと、心やすく頼まれるまでの修行が容易ではありません。親子・夫婦の間なら、蚤《のみ》取りでも、虱取りでも、何でもないことでしょうが、他人との間では容易なことではありません。他人との間に、親子・夫婦の間に

あるような、平らかな安らかな気持ちが出るようになれば、これは、口先や理屈だけではないところの、本当の〝まごころ〟というものだと思います。

第一に、他人から虱取りを頼まれて

「そんなくだらぬことを……」

と言って、怒るようではダメですし、あるいは、いくら虱取りの名人がいても、たいていの人は

「髪の毛の虱を取ってくれ」

などとは頼みません。

第二に、ただ親切心があるだけではダメで、虱を取る術を知っていなければならないし、まして、虱の卵を取るのはなかなか難しくて、下手だと非常に痛いのであります。まして

「あの人は偉そうにしているが、頭の髪の毛に虱がいるぞ」

などと言いふらすようでは、虱取りを頼まれたりはいたしません。

そうかと言って、虱がいもしないのに
「髪の毛の虱を取ってくれ」

などと言って、他人にからかわれるようでは、本当の虱取りとは言えません。こう考えますと、どうしてどうして《しらみとり》は、容易なことではないのであります。

どんな人からでも
「髪の毛の虱を取ってください」

と頼まれるようになれば、人間もたいしたものだと思うのであります。

あるいは、他人の虱を取ろうというからには、まず自分の虱をよく退治しておかなければ、行った先々で、虱の種をまいてくることになりましょう。このように味わってくると《しらみとり》を重要な試験とした『古事記』の教えは、実に面白いと思うのであります。

□心に愛《は》しく

つぎに『心に愛《は》しく思ひて寝ましき』というところを、味わってみましょう。

今の世の中には、学校の試験の及第という、形式的なものをはじめとして、学校の卒業、検定試験の合格、その他、実にさまざまな資格というものがあります。

そして、これが相当にモノを言って、良い方面も、悪い方面もありますが、およそ、及第のなかで、この『心に愛しく思ひて寝ましき』というくらい、立派な及第のさせ方はないと思うのであります。

私どもは、いろいろな仕事をいたしますが、仕事を任してくれる人が、激励の褒《ほ》め言葉も言わずに、腹の中で〈しっかりした可愛い奴だ〉と思うだけで、すっかり安心して寝ているような信頼のされ方ができれば、まさしく極上だと思います。

仮りに、自分の父親が死んでいく時のことを考えてみますと、父親が励ましの言葉も言わず、安心しきって、永遠に死んでいくことができたら、子として親に対するこれ以上の孝行はないではありませんか。

それからまた、本当に及第させたのならば、干渉などしないで、信頼して任せ、自分はそのことに関する限り寝ておって、その任せた者に全力を出させるのでなければなりません。

したがって、この『心に愛しく思ひて寝ましき』ということは、師匠と弟子との間の完全な伝授の状態を示すのでして、なかなか容易なことではありません。

□生太刀《いくたち》、生弓矢《いくゆみや》

つぎは《生太刀、生弓矢》について味わってみましょう。

須佐能男命が何ゆえに《虱取り》をやらせて、それをやり遂げた大国主命を『心に愛しく思ひて寝ましき』ほどに、立派に及第させたかを考えてみますと《蛇はらい》でも《鏑矢取り》でも、それらはまだ学問技術という技の範囲を出ません。

ところが《虱取り》は、その技を〝愛の実現〟すなわち〝まごころ〟をもって使うということの試験なのであります。つまり〝いのち〟の発展のために、あらゆるものを生かすために、学問技術は使用するものであるということを伝授したのであります。これが《虱取り》の及第を、心に愛しく思われた理由であります。

つまり、大国主命は、須佐能男命から技と共に、その技を使う心得《こころえ》も伝授され、免許皆伝の〝しるし〟が《生太刀、生弓矢》となったのでして、太刀とか弓矢というのは、学問技術の表徴《ひょうちょう》であります。

この《生太刀、生弓矢》の教えは、意味の深いものであって、あらゆるものを生かし、あらゆるものに適当な位置を与え、あらゆるものに意義あらしめよというのが大和民族の教えであります。

われわれはみな、この《生太刀、生弓矢》の光を、自分のなかから磨き出さなければならないのでして、殺気をもって世の中に対するうちは、まだ修行が足りないと言ってよいのであります。また《生太刀、生弓矢》の精神は、武道の極意を現わしていると考えてよいのであります。

□二人妻

最後に、もう一つ、つけ加えておきます。

それは〈大国主命は何ゆえに、すでに八上比賣《やかみひめ》という奥さまがおありになるのに、また、須勢理比賣《すせりひめ》という奥さまをお迎えになったのか〉という問題であります。

これは〈大国主命が一人の人格者ではなかった〉ということを考えれば一応の解決がつくと思いますが、このことについては次章の《うきゆい》と関係がありますので、そこで改めて、ゆっくりと反省したいと思っております。また、そうしたほうがよいと思うほど、重大な点があると思いますので、後に残したいと考えております。

第五章　うきゆい

原文

故、其八上比賣者、如先期美刀阿多波志都。故、其八上比賣者、雖率来、畏其嫡妻須勢理毘賣而、其所生子者、刺挟木俣而返。故、名其子云木俣神、亦名謂御井神也。

此八千矛神、将婚高志国之沼河比賣、幸行之時、到其沼河比賣之家、歌曰、

夜知富許能　迦微能美許登波　夜斯麻久爾　都麻麻岐迦泥弖　登富登富斯　故志能久邇邇　佐加志賣遠　阿理登岐加志弖　久波志賣遠　阿理登岐許志弖　佐用婆比爾　阿理多多斯　用婆比邇　阿理加用婆勢多知賀遠母　伊麻陀登加受弖　淤須比遠母　伊麻陀登加泥婆　遠登賣能　那須夜伊多斗遠　淤曾夫良比　和何多多勢禮婆　比許豆良比　和

何多多勢禮婆　何遠夜麻邇　奴延波那伎奴　佐怒都登理　技藝斯波登與牟　爾波都登理　迦祁波那久　宇禮多久母　那久那留登理加　許能登理母　宇知夜米許世泥　伊斯多布夜　阿麻波勢豆加比　許登能加多理其登母　許遠婆

爾其沼河比賣、未開戸、自内歌曰、

夜知富許能　迦微能美許等　奴延久佐能　賣邇志阿禮婆　和何許許呂宇良須能登理叙　伊麻許曾婆　和杼理邇阿良米　能知波　那杼理爾阿良牟遠　伊能知波　那志勢多麻比曾　伊斯多布夜　阿麻波世豆迦比許登能　加多理碁登母　許遠婆

阿遠夜麻邇　比賀迦久良婆　奴婆多麻能　用波伊傳那牟　阿佐比能恵美佐迦延岐弖　多久豆怒能　斯路岐多陀牟岐　阿和由岐能　和加夜流牟泥遠　曾陀多岐　多多岐麻那賀理　麻多麻傳　多麻傳佐斯麻岐毛毛那賀爾　伊波那佐牟遠　阿夜爾　那古斐岐許志　夜知富許能　迦

微能美許登　許登能　迦多理碁登母　許遠婆

故、其夜者　不合而　明日夜、為御合也。

又其神之嫡后、須勢理毘賣命、甚為嫉妬　故、其日子遲神和備弖　自出雲将上坐倭國而、束装立時、片御手者、繫御馬之鞍、片御足、蹈入其御鐙而、歌曰、

奴婆多麻能　久路岐美祁斯遠　麻都夫佐爾　登理與曾比　淤岐都登理
牟那美流登岐　波多多藝母　許禮婆布佐波受　幣都那美　曾邇奴岐宇
弖　蘇邇杼理能　阿遠岐美祁斯遠　麻都夫佐邇　登理與曾比　淤岐都
登理　牟那美流登岐　波多多藝母　許母布佐波受　幣都那美　曾邇奴
棄宇弖　夜麻賀多爾　麻岐斯　阿多泥都岐　曾米紀賀斯流邇　斯米許
呂母遠　麻都夫佐邇　登理與曾比　淤岐都登理　牟那美流登岐　波多
多藝母　許斯與呂志　伊刀古夜能　伊毛能美許等　牟良登理能　和賀
牟禮伊那婆　比氣登理能　和賀比氣伊那婆　那迦士登波　那波伊布登

母　夜麻登能　比登母登須須岐　宇那加夫斯　那賀那加佐麻久　阿佐阿米能　疑理邇多多牟叙　和加久佐能　都麻能美許登　許登能　加多理碁登母　許遠婆

爾其后、取大御酒坏、立依指擧而、歌曰、

夜知富許能　加微能美許登夜　阿賀淤富久邇奴斯　那許曾波　遠邇伊麻世婆　宇知微流　斯麻能佐岐邪岐　加岐微流　伊蘇能佐岐淤知受和加久佐能　都麻母多勢良米　阿波母與　賣邇斯阿禮婆　那遠岐弖遠波那志　那遠岐弖　都麻波那斯　阿夜加岐能　布波夜賀斯多爾　牟斯夫須麻　爾古夜賀斯多爾　多久夫須麻　佐夜具賀斯多爾　阿和由岐能　和加夜流牟泥遠　多久豆怒能　斯路岐多陀牟岐　曾陀多岐　多多岐麻那賀理　麻多麻傳　多麻傳佐斯麻岐　毛毛那賀邇　伊遠斯那世登與美岐　多弖麻都良世

如此歌、即為宇伎由比而、宇那賀気理弖、至今鎮坐也。此謂之神語也。

故、此大国主神、娶坐胸形奥津宮神、多紀理毘賣命、生子、阿遅鉏高日子根神。次妹高比賣命。亦名、下光比賣命。此之阿遅鉏高日子根神者、今謂迦毛大御神者也。大国主神、亦娶神屋楯比賣命、生子、事代主神。亦娶八嶋牟遅能神之女、鳥耳神、生子、鳥鳴海神。此神、娶日名照額田毘道男伊許知邇神、生子、國忍富神。此神、娶葦那陀迦神、亦名、八河江比賣、生子、速甕之多気佐波夜遅奴美神。此神、娶天之甕主神之女、前玉比賣、生子、甕主日子神。此神、娶淤加美神之女、比那良志毘賣、生子、多比理岐志麻流美神。此神、娶比比羅木之其花麻豆美神之女、活玉前玉比賣神、生子、美呂浪神。此神、娶敷山主神之女、青沼馬沼押比賣、生子、布忍富鳥鳴海神。此神、娶若盡女神、生子、天日腹大科度美神。此神、娶天狭霧神之女、遠津待根神、生子、遠津山岬多良斯神。

右件自八嶋士奴美神以下、遠津山岬帯神以前、稱十七世神。

書き下し文

故《かれ》、その八上比賣《やかみひめ》は、先の期《ちぎり》の如くみとあたはしつ。故、その八上比賣をば率《ゐ》て来ましつれども、その嫡妻須勢理毘賣《むかひめすせりひめ》を畏《かしこ》みて、その生める子をば、木の俣《また》に刺《さ》し挟《はさ》みて返りき。故、その子を名づけて木俣神《きのまたのかみ》と云ひ、亦の名を御井神《みゐのかみ》と謂《い》ふ。

この八千矛神《やちほこのかみ》、高志国《こしのくに》の沼河比賣《ぬなかはひめ》を婚《よば》はむとして、幸行《い》でましし時、その沼河比賣の家に到りて、歌ひたまひしく、

八千矛《やちほこ》の　神の命《みこと》は　八島國《やしまくに》　妻枕《つまま》きかねて　遠遠《とほとほ》し　高志《こし》の國に
賢《さか》し女《め》を　ありと聞かして　麗《くは》し女《め》を　ありと聞こして　さ婚《よば》ひにあ
り立たし　婚《よば》ひに　あり通《かよ》はせ　大刀《たち》が緒《を》も　いまだ解《と》かずて　襲《おすひ》を

も　いまだ解かねば、嬢子《をとめ》の　寝《な》すや板戸《いたと》を　押《お》そぶらひ　我が立たせれば　引こづらひ　我が立たせれば　青山《あをやま》に　鵼《ぬえ》は鳴きぬ　さ野《の》つ鳥　雉《きぎし》はとよむ　庭つ鳥　鶏《かけ》は鳴く　心痛《うれた》くも　鳴くなる鳥か　この鳥も　打ち止めこせね　いしたふや　天馳使《あまはせづかひ》　事の　語言《かたりごと》も　是《こ》をば

とうたひたまひき。ここにその沼河比賣、未だ戸を開かずて、内より歌ひけらく、

八千矛《やちほこ》の　神の命《みこと》　ぬえ草の　女《め》にしあれば　我が心　浦渚《うらす》の鳥ぞ今こそは　我鳥《わどり》にあらめ　後《のち》は　汝鳥《などり》にあらむを　命《いのち》は　な殺《し》せたまひそ　いしたふや　天馳使《あまはせづかひ》　事の　語言《かたりごと》も　是《こ》をば

青山に　日が隠らば　ぬばたまの　夜は出でなむ　朝日の　笑《ゑ》み栄え来て　栲綱《たくづの》の　白き腕《ただむき》　沫雪《あわゆき》の　若やる胸を　そだたき　たたきまながり　真玉手《またまで》　玉手《たまで》さし枕《ま》き　百長《ももなが》に　寝《い》は寝《な》さむを　あやにな

恋《こ》ひ聞《き》こし　八千矛の　神の命　事の　語言も　是《こ》をば

とうたひき。故《かれ》、その夜は合わずて、明日《くるひ》の夜、御合《みあひ》したまひき。

またその神の嫡后《おほきさき》須勢理比賣命、甚《いた》く嫉妬《うはなりねたみ》したまひき。故《かれ》、その夫《ひこぢ》の神わびて、出雲より倭國《やまとのくに》に上《のぼ》りまさむとして、束裝《よそひ》し立たす時に、片《かた》御手《みて》は御馬《みま》の鞍《くら》に繋《か》け、片御足《かたみあし》はその御鐙《みあぶみ》に蹈《ふ》み入れて歌ひたまひしく、

ぬばたまの　黒き御衣《みけし》を　まつぶさに　取り裝《よそ》ひ　沖つ鳥　胸見る時
はたたぎも　これは適《ふさ》はず　邊《へ》つ波　そに脱《ぬ》き棄《う》て　鴗鳥《そこどり》の　青き御《み》
衣《けし》を　まつぶさに　取り裝ひ　沖つ鳥　胸見る時　はたたぎも　此《こ》も
適《ふさ》はず　邊《へ》つ波　そに脱ぎ棄《う》て　山縣《やまがた》に　蒔《ま》きし　あたね舂《つ》き　染木《そめき》
が汁に　染《し》め衣《ころも》を　まつぶさに　取り裝ひ　沖つ鳥　胸見る時　はた
たぎも　此《こ》し宜《よろ》し　いとこやの　妹《いも》の命《みこと》　群鳥《むらとり》の　我が群《む》れ往《い》なば
引け鳥の　我が引け往《い》なば　泣かじとは　汝《な》は言ふとも　山處《やまと》の一本《ひともと》
薄《すすき》　項傾《うなかぶ》し　汝《な》が泣かさまく　朝雨の　霧に立たむぞ　若草の　妻の

命《みこと》 事の 語言《かたりごと》も 是《こ》をば

とうたひたまひき。ここにその后《きさき》、大御酒坏《おおみさかづき》を取り、立ち依《よ》り指挙《ささ》げて歌ひたまひしく、

八千矛の 神の命《みこと》や 吾《あ》が大國主《おおくにぬし》 汝《な》こそは 男に坐《いま》せば 打ち廻《み》る島の埼埼《さきざき》 かき廻《み》る 磯の埼《さき》落ちず 若草の 妻持たせらめ 吾《あ》はもよ 女《め》にしあれば 汝《な》を除《き》て 男《を》は無し 汝《な》を除《き》て 夫《つま》は無し 綾垣《あやがき》の ふはやが下に 苧衾《むしぶすま》 柔《にこ》やが下に 栲衾《たくぶすま》 さやぐが下に 沫雪《あわゆき》の 若やる胸を 栲綱《たくづな》の 白き腕《ただむき》 そだたき たたきまながり 真玉《またま》手《で》 玉手さし枕《ま》き 百長《ももなが》に 寝《い》をし寝《な》せ 豊御酒《とよみき》 奉らせ

とうたひたまひき。かく歌ひて、すなわち盞結《うきゆひ》いして、うながけりて今に至るまで鎮まり坐す。これを神語《かむがたり》りと謂《い》ふ。

故《かれ》、この大国主神、胸形《むなかた》の奥津宮《おきつみや》に坐《ま》す神、多紀理毘賣命《たきりひめのみこと》を娶《めと》して生める子は、阿遅鉏高日子根神《あぢすきたかひこねのかみ》。次に妹高比賣命《いもたかひめのみこと》。亦の名は下光比賣命《したてるひめのみこと》。

この阿遅鉏高日子根神は、今、迦毛大御神《かものおおみかみ》と謂ふぞ。大国主神、また神屋《かむや》楯比賣命《たてひめのみこと》を娶《めと》して生める子は、事代主神《ことしろぬしのかみ》。また八嶋牟遅能神《やしまむぢのかみ》の女《むすめ》、鳥《とり》耳神《みみのかみ》を娶《めと》して生める子は、鳥鳴海神《とりなるのかみ》。この神、日名照額田毘道男伊許知《ひなてりぬかたびちをいこち》邇神《にのかみ》を娶《めと》して生める子は、國忍富神《くにおしとみのかみ》。この神、葦那陀迦神《あしなだかのかみ》、亦の名は八《や》河江比賣《かわえひめ》を娶して生める子は、速甕《はやみか》の多気佐波夜遅奴美神《たけさはやぢぬのみかみ》。この神、天之《あめの》甕主神《みかぬしのかに》の女、前玉比賣《さきたまひめ》を娶して生める子は、甕主日子神《みかぬしひこのかみ》。この神、淤加《おか》美神《みのかみ》の女、比那良志毘賣《ひならしびめ》を娶して生める子は、多比理岐志麻流美神《たひりきしまるみのかみ》。この神、比比羅木《ひひらぎ》の其花麻豆美神《そのはなまづみのかみ》の女、活玉前玉比賣神《いくたまさきたまひめのかみ》を娶して生める子は、美呂浪神《みろなみのかみ》。この神、敷山主神《しきやまぬしのかみ》の女、青沼馬沼押比賣《あおぬまうまぬまおしひめ》を娶して生める子は、布忍富鳥鳴海神《ぬのおしとみとりなみのかみ》。この神、若盡女神《わかつくしめのかみ》を娶して生める子は、天日腹大科度《あめのひばらおほしなど》美神《みのかみ》。この神、天狭霧神《あめのさぎりのかみ》の女、遠津待根神《とほつまちねのかみ》を娶して生める子は、遠津山《とほつやま》岬多良斯神《さきたらしのかみ》。

右の件《くだり》の八嶋士奴美神《やじまじぬみのかみ》以下、遠津山岬帯神《とおつやまさきたらしのかみ》以前《よりさき》を、十七世神と稱《まお》す。

まえがき

《うきゆい》は、原典には《宇伎由比》とあって、漢字をあてれば《盞結》であります。盃《さかずき》を取り交わして、心の動いたことを悲しみ合い泣き合って、これからは決して心を動かすことなく、永遠に心の動かぬことを誓い合うことであります。

こういう箇所を書くのはどういうものか、という気持ちがちょっといたしましたが、よく考えてみれば、こういう箇所をはっきりすることが、かえって大事であると思います。

私自身、息詰まるような気持ちで『古事記』の原典を読みながら筆を執っております。まったく大人の世界のことであり、あからさまの事実の中に、向かうべき理想を明らかに示しているのであります。

男性と女性の間に、あり得べきもつれを明らかにして、悲しみと喜びをあからさまに表現しているだけに〈かくなければならぬ〉と指し示されているところは、かえってはっきりしていることを忘れてはならないと思います。

本文

□八上比賣《やかみひめ》の煩悶《はんもん》

さて、お話は前に戻ります。

大国主命は、八上比賣《やかみひめ》との間に成立したご婚約にしたがって、すでに結婚なさっており、お子さまもありました。ところが、八十神《やそがみ》のために、かえって恨まれ、何度も殺され、そのつど生き返って、ひたすら自重されていましたが、どうにもなりませんでした。

そこで、お母さまのご命令にしたがって、根の国の須佐能男命《すさのおのみこと》のところに修行においでになり、それが立派にすんで、現《うつ》し国に帰って来られました。命がけの修行の甲斐《かい》があって、こんどは八十神たちの心を統御《とうぎょ》することができて、国造りの仕事が、ずんずん捗《はかど》ってきました。

そこで、大国主命は八上比賣のことを思い出され
「こうして落ち着いたうえは、そのままにしておくことは可哀想だ」

とお考えになったのでしょう。八上比賣を宇迦能山《うかのやま》の麓《ふもと》の御殿に、お呼びになりました。

八上比賣は、夫である大国主命が、ご自分との婚姻《こんいん》が基になって、八十神たちに何度かお殺されになった事実を悲しまれていたことは申すまでもありません。そして、大国主命がとうとう根の国までご修行に行かれたときには、今度こそこれで永遠にお亡くなりになると思われたに違いありま

せん。

こうして、八上比賣は大国主命のためにお祈りをしながら、大国主命との間にお生まれになったお子さまを、大切にお育てになっておられましたところに、思いがけもなく大国主命から

「宇迦能山《うかのやま》の麓の御殿に来なさい」

というお便りがあったものですから、八上比賣は夢かとばかりに驚き、かつ、喜ばれたことだろうと思います。

ところが、こうした喜びをもって、八上比賣が御殿へ行かれますと、そこには須勢理比賣《すせりひめ》という奥さまがおられて、八上比賣はどんなに驚かれたことかと思います。自分が信じきっておった大国主命が、気でも違ったのかと、どんなにか思い惑《まど》われ、悲しまれたことかと思います。

ところが、だんだんと事情を知ってみますと、須勢理比賣が大国主命の奥さまになるということは〈そうするよりほかに仕方がなかった〉という

ことがおわかりになりました。大国主命と須勢理比賣とがご結婚なさらなければ、大国主命が命を保ち、修行を完成することはできなかったのだということがはっきりわかりました。

こうして、八上比賣は大国主命の仕方をつれなく思うことはなくなり、須勢理比賣に対して敵意のようなものを持つこともなくなりましたが、寂しさ悲しさはどうすることもできなかったことと思います。

□須勢理比賣《すせりひめ》の嫉妬《しっと》

その一方で、須勢理比賣は大国主命との間には、ゆるぎない愛の関係ができ上がっていると信じきっていたところへ、思いがけもなく八上比賣が現われたのですから、天地がひっくりかえるほどに驚かれ、須勢理比賣の苦しみが始まります。

しかし、だんだん大国主命と八上比賣とがご結婚になった事情を知ってみますと〈これはやむをえなかったことである〉ということがわかってきました。むしろ、大国主命と八上比賣とがご結婚になったのは、当然であったことがわかりました。

ところが、ご自分と大国主命とのことをお考えになっても、これもまた当然のことであって、ご自分が大国主命の正妻として、大国主命を補佐していくことは、どうしても止めるわけにはいかないのであります。

こうして、須勢理比賣と八上比賣との間に、一人の男性を中心とする二人の女性としての悶《もだ》え苦しみが動きはじめました。これを知る大国主命が苦しまれたことは言うまでもありません。

こういうことは、人の世にはないほうがよいのですが、しかし、これは人の世とともに、完全に絶えることのない事実でありましょう。また、こういうことが起こったことは、国造りを始めて八十神たちの取り扱いに道の開かれた大国主命にとっては、新たな試練であると言えましょう。

八上比賣は、自分が出現したために起ったこの事実を、たいへん悲しく思われました。〈どうしたらよいか〉を、いろいろ思い悩んだ末に〈やはり自分はいないほうがよい〉と思われて、因幡《いなば》の国に帰ることを決心なさいました。

しかし、お子さまは大国主命のところに留めておいたほうが、本人のためによいと思われました。お子さまとお別れになることは、どんなにお辛かったことと思います。そこで、危険のないよう工夫をして、お子さまを木の俣《また》に差し挟《はさ》んでおきました。たぶん、御殿のお庭の木か何かであったことと思います。

こうして、八上比賣は、因幡の国にお帰りになってしまいましたが、その後、比賣《ひめ》の消息はどうなったか全くわかりません。八上比賣のご生涯は何という悲しいことでありましょう。

さて、こういうことがあったのですから、須勢理比賣のお心は、すっかり和《なご》やかになって、奥さまとして、大国主命の国造りの内助に精をお出しになればよかったのですが、そうでなかったものと見えます。

八上比賣が因幡にお帰りになった頃は、八上比賣の悲しい心にご同情になったに違いないのですが、だんだん日がたつにつれて〝勝ちさび〟の心になったものと見えます。つまり〈自分が勝った〉という高慢心《こうまんしん》が起こってまいりました。

男でも高慢心を起した様子はみっともないものですが、女が高慢心を起こした様子はみっともない極みであります。高慢心の起こった須勢理比賣が、八上比賣が残していかれたお子さまに対して、どんなふうに動かれたかは想像できます。御殿で大国主命のお子さまとしての待遇はお受けにならなかったと見えまして、このことは、お子さまの名を木俣神《きのまたのかみ》、あるいは、御井神《みゐのかみ》というのを見てもわかると思います。

このような、須勢理比賣の心の荒《すさ》びに誘われて、大国主命の心もだんだんと荒んでいきました。初めの頃は〈無理もないことだ〉と同情して、須勢理比賣の心を取り直すことにつとめられたことと思いますが、とうとうおしまいには、大国主命の心もすっかり荒んでしまいました。

こうして、大国主命と須勢理比賣との間に、大きな溝ができたのでありますす。御二柱の神さまがお苦しみになったことはいうまでもありませんが、どうにも解決の道は開けませんでした。

□沼河比賣《ぬなかわひめ》との恋

大国主命は、このような有り様でおられるとき、国造りの仕事で、東北の地方にご旅行に出られました。

このとき、高志《こし》の国に沼河比賣《ぬなかわひめ》という立派なお比賣さまがおられるということが、大国主命の耳に入りました。いろいろ調べてみると、まことに立派なお比賣さまなので、大国主命は、この沼河比賣をお嫁に欲しいとお思いになり、そして、その思いを実行にお移しになりました。『古事記』には、その時のことを、実にあからさまに、詳細に書いてあります。

大国主命は、比賣の部屋の外で、次のように歌われました。

「私は八千矛《やちほこ》の神（大国主命の別名）であります。広い日本国中に、求めても求めても、よい妻女が得られないで苦しんでおります。私は本当に苦しみ抜いておりましたところ、遠い遠い高志《こし》の国ではありますが、そこに優れた立派な娘がいるということを聞きました。本当に見事な娘がいるということを聞きました。

そこで〈その娘さんをお嫁さんにもらいたい〉と思って、はるばるやってまいったのであります。

そして、その娘さんによくお話をしようと思って、その娘さんが音を立てて閉めたところの戸板を、押してみたり引いてみたりしながら、なんとかして開けようと思うのに、どうしても開きません。

私は未だ太刀の緒《を》もほどかずに、また、被っている襲《おすひ》も脱いでおりません。それなのに、もう青山に鵺《ぬえ》が鳴き出しました。野には雉《きじ》が鳴き出しました。里には鶏が鳴きはじめました。もう夜が明けます。本当に情けない鳥どもです。苛《いじ》めつけてやりたい鳥どもです。

比賣《ひめ》よ、はるばるとやって来た私の偽りのない言葉として、これを聞いてください」

このように、歌をもって沼河比賣に申されました。

沼河比賣は、この歌をお聞きになっても、戸はお開け申し上げませんでした。いろいろとお考えになった末のことでしょう。戸の内から、次のような歌をもって、お答え申し上げました。

「八千矛の神の命様よ。あなた様のお言葉はよくわかりました。しかし、あなた様は男でいらっしゃいますけれども、私は女でございます。私の心は浦渚《うらす》に住んでいる鳥のようなものでございます。

　今はその千鳥のようなもので、私自身の思い極めをつきませんし、家人の考えもわかりませんので落ちつくことができません。しかし、後には必ず私の思いも定まり、家人の考えも決まり、落ちついてお目にかかることができると思います。

　どうぞ、今宵《こよい》、私がお目にかからぬからと言って、決して死んでしまわれるような、無茶なお心をお出しにならないようにお願いいたします。これが私の気持ちでございます」

　このお答えをもって見ますと、大国主命が沼河比賣のお心を得ることに、どんなに熱烈であったかが伺われます。沼河比賣が大国主命のご求婚に合って、どんなに思い悩まれたかもよくわかるのであります。

大国主命は、沼河比賣のご返歌をお聞きになって、黙ってじっと物思いに沈んでおられたものと思います。戸内と戸外で、しばらく無言の静けさが続きました。その無言の行がどれだけ続いたか、その間に、どういうことがあったのかわかりませんが、こんどは沼河比賣が、歌をもって、次のように仰せられました。

「八千矛の神の命様よ。私の決心をはっきりと申し上げます。明日の夕べになりまして、青山に日が隠れましたら夜になります。そしたらどうぞおいで下さい。部屋の中へお迎えいたします。あなた様も今日とは違って、朝日のごとく元気に満ち満ちておられるに違いありません。

あなた様の白い腕で、私の胸をお抱きになり、手と手を差し巻き、足も伸び伸びとして、安らかにお寝みいたしましょう。

どうぞ、そのような無暗《むやみ》な恋しようは遊ばしますな。どうぞ、よくおわかり下さって、今日はお帰り下さい。八千矛の神の命様よ」

大国主命は、この歌をお聞きになって、沼河比賣のお家から、お帰りになりました。そして、お約束のとおり、その翌日の夜、ご結婚になりました。こうして、大国主命の荒《すさ》んだ心は慰められました。

しかし、心が落ち着くにしたがって、やはり、何かしら寂しいものが、心のうちにわだかまってまいったものと思います。

□大国主命の煩悶《はんもん》

この沼河比賣のことは、むろん、須勢理比賣のお耳に入りました。そこで、須勢理比賣は激しく嫉妬《しっと》なさいました。その嫉妬ぶりはよほど激しくて、現代風に申しますならばヒステリーを起されたのでありましょう。

出雲《いずも》にお帰りになった大国主命は、奥さまの嫉妬ぶりがあまりに激しいので閉口されました。高慢心の上に、激しい嫉妬が加わったものですから、そのありさまはどんなであったかと思われます。
しかしながら、考えてみれば、ご自分が沼河比賣に心を移したことが大きな原因になっておりますので、大国主命はじっと考え込まれました。《みたましずめ》をなさったのであります。そして、わびしい気持ちになられました。ここのところを『古事記』には
「日子遅神《ひこぢのかみ》、和備弖《わびて》」
と書いてあります。
〃わび〃とは困ることであり、悪かったと思うことであり、寂しい気持ちになることとであります。〈お詫《わ》びする〉という言葉もここから出ておりまして、大国主命もこのような気持ちになられたのであります。
須勢理比賣からは
「あなたのような方は出て行きなさい。あなたなどは私に何の用もありません」

というようなことを言われるし
「自分が悪かった」

と詫びてみても、どうにも収まらないのであります。

そこで、こんなことでは国造りの完成は難しいので、もう一度よく修行をしようと思われ、大和の国に旅行に出ようと決心なさいました。

こうして、大国主命はすっかり旅装を整えて、いよいよ出発する日が来ました。須勢理比賣もお見送りに出てこられましたが、どちらからもお口をお利《き》きになりませんでした。

大国主命は、いよいよ出発せねばならなくなり、片方の手を馬の鞍《くら》にかけ、片足を鐙《あぶみ》に踏み入れて、馬にお乗りになるばかりになってから、須勢理比賣のほうに振り返られて、歌をもって、自分の気持ちを伝えようと、須勢理比賣の顔にじっと見入られました。

須勢理比賣も大国主命のお顔をじっとご覧になって、その真剣な眼差しにお打たれになりました。そして、大国主命の旅装の衣に目が止まると、何かに感動させられたように、お顔色をはっとお変えになって、思いに沈んでおられました。

□ 大国主命の告白

こうした雰囲気の中で、大国主命はご自分の気持ちを、次のような歌にして、須勢理比賣にお告げになりました。

「私はあなたとの間にある気まずい状態を解決するために、大和の国に行って、よく反省したり、お祈りをしたりしたいと思い、旅行に出ることにしました。あなたもよくお考えになるがよいと思います。

私は旅装を整えるとき、初めに黒い衣を身につけてみました。ところが、気持ちがどうしても落ちつかないので、これでよいかと思って、水鳥が胸を見る時のように、身を反《そ》らせて、袖《そで》を掲げて、自分の様子を眺めてみましたが、この衣ではいけないことがわかりましたので、直ちに脱ぎ捨てました。

次は、かわせみの羽のような、青色の衣を身につけました。そして、旅支度を整えてみましたが、どうも、私の心は落ちつきません。そこで、どうしてかと思って、水鳥が胸を見る時のように、身を反らせて、袖を掲げて、自分の様子を眺めてみましたが、この衣ではいけないことがわかりましたので、直ちに脱ぎ捨てました。

最後に、山の畑で採ってきた茜草《あかねぐさ》を臼《うす》で搗《つ》いて、それから出た汁で染めた紅色の衣を身につけて、すっかり支度を整えてみたところ、私の気持ちがたいへん落ちついたので、なお丁寧に、水鳥が胸を見る時のように、身を反らせて、袖を掲げて、自分の様子を眺めてみたところ、今度はこれでよいことがはっきりわかりました。

この衣は、あなたに縁の深いものであります。いろいろな衣を着てみましたが、これを着て、私の心は本当に落ちつきました。これで、私の今の気持ちがおわかりになったことと思います。いとしきわが妻の命よ、よく私の気持ちを汲み取ってください。

あなたは、私が今度の旅に出ても、少しも気にかけない、悲しくもない、寂しくもない、決して泣くようなことはないと、心強く仰せられるけれども、いま私がこのような気持ちで、従者どもと共に大和の国に出掛けて行きましたならば、あなたは本当に泣かないでいられますか。決してそういうわけにはいかないでしょう。

独《ひと》り残ったあなたは、必ず、山の一本薄《いっぽんすすき》がなびき伏すように、首をたれて泣き出すに違いありません。そのあなたが泣くときの涙が、霧の立つように、あたりを悲しみで埋めることでしょう。私には、その時の有り様が目に見えるようです。

いとしき吾《わ》が妻の命よ。
これが私の偽《いつわ》りのない気持ちです」

□須勢理比賣《すせりひめ》の反省

大国主命が、このようにして、真心を尽くして、仰せになっている言葉を聞きながら、須勢理比賣の心は、だんだん解きほぐれていきました。思うに、黒い衣は八上比賣に縁のある衣であったことと思います。大国主命は、再び帰ることのない旅に出るときに、何心なく、行方不明になっている、哀れな八上比賣に縁のある衣を、お召しになったものと思われます。しかし、いったんお召しになっては見たものの、いつまでも八上比賣のことを忘れないで、とくに〈こういう際に、この衣を着ることはよくないことだ〉とお気付きになって、その黒い衣をお脱ぎになったことと思うのであります。

その次には、青い衣をお召しになったのですが、この青い衣は『鴗鳥《そこどり》のあをきみ衣《けし》』と言うように、鴗鳥《そこどり》はかわせみという鳥で、沼や河に縁の深い鳥であります。つまり、青い衣は沼河比賣に縁のある衣であると思います。

黒い衣の次に、この青い衣をいったんお召しになったのですが、これもこの際、着て旅に出ることはよくないとお気付きになりました。沼河比賣の愛と、その想い出におぼれることはいけなかったと、お気付きになったのでありましょう。

そこで、この青い衣をお脱ぎになって、最後に、須勢理比賣に縁のある赤い色に染めた衣をお召しになって〈これでよし〉と思《おぼ》しめしになって、これで旅装をお整えになりました。

これは、大国主命の偽らない心の中の告白であると思います。こういうことを、いちいち歌の中で仰せにならないだけに、かえって、そのお気持がはっきり描き出されていると思うのであります。

須勢理比賣は、この偽らない『詫《わ》び言《ごと》』をお聞きになって、すっかり心のわだかまりが解けたものと思います。

そのあとで、親切な同情のこもった忠告の言葉をお聞きになったのですが、須勢理比賣は、今度はもう感極まって泣き伏してしまわれたことと思います。そして、自分がいかにも高慢な気持ちになって、女らしさを失って、妻としての真心を尽くしていなかったことに、お気付きになったのであります。

自分が悪かったということに、お気付きになった須勢理比賣のお顔は、どんなにか麗《うるわ》しくなったことかと思います。この麗しいお顔をおあげになった須勢理比賣は、自ら酒杯《さかずき》を手にお取りになって、立って大国主命のところにおいでになりました。

そして、酒杯をささげて、次のように、歌をもって、自分の気持ちを申し上げられました。

□盞《うき》結《ゆい》

「大国主命様、あなたのお気持ちはよくわかりました。あなたがそのようにはっきりとご自分の気持ちを仰せになって下さいますと、間違っておったのはあなただけではなくて、私はなおいっそう大きな不心得をしておりました。

八千矛の神の命よ。私の夫である大国主命様。あなたは男でいらっしゃるから、旅にお出かけになる時に、行く先のどこであっても、そこで奥さまをお持ちになってもよい場合があったのでございました。そうしていただかねばならぬ場合もあったのでした。

それなのに、私はただいたずらに嫉妬《しっと》の炎を燃やして、あなたをお苦しめしておりました。あなたがどんなお気持ちで、私の他に妻をお持ちになったかがよくわかりました。これからは、いたずらな嫉妬を慎《つつし》みます。高慢な気持ちを取り去ります。どうぞ、お許し下さいますよう、心からお願いいたします。

ただ、どうぞこれだけは、お忘れ下さいますな。あなたは男でいらっしゃいますが、私は女でございますから、あなたの他に夫はございません。あなたの他に夫を持とうとは思えないのでございます。女としての私の偽らない気持ちをお汲み取りになって、いままでの私の不心得をお許し下さいませ。

大国主命様、私の気持ちがおわかり下さいましたら、どうぞ、旅行にお出かけになることをお止め下さい。そして、生まれ変わった私を、お愛し下さい。私も心からお仕えいたします。

綾絹《あやきぬ》のとばりを張り巡らして、暖かい夜具にこもって、栲《たく》の布《ぬの》の夜具のさやさや音を立てるなかにこもって、私の柔らかい胸をお抱き下さい。そして、手と手を差し巻き、足も伸び伸びとして、安らかにお休み下さいませ。

さあ、心の曇りの取り払われて、少しのわだかまりもなくなったお祝いに、このお酒をおあがり下さいませ」

このようにして、須勢理比賣が真心の歌をお歌いになりましたので、大国主命も本当にお喜びになりました。そして、お二柱の神さまは、お酒杯をお取り交わしになって、心からお祝いをされました。そして、これから永遠に心の変わらぬことを、祈り合われました。これが《盞結（うきゆい）》であります。

この《うきゆい》をなさってからの、お二柱の神さまのお心は、永遠に変わらぬ夫婦の愛情の手本であります。

お二柱の神さまが、互いに手を項《うなじ》にかけて、むつまじくしておられるお姿は、夫婦の心の結びつきを示す手本となって、国の鎮《しず》めとして、いまに至るまで人の心を導いているのであります。これが神代の物語の本当の意味であります。

□十七世の神

さて、その後、どういう事情があったのかわかりませんが、大国主神は阿《あ》胸形《むなかた》の奥津宮《おきつみや》にお住まいになっていた多紀理毘賣命《たきりひめのみこと》と結婚になって、阿遅鉏高日子根神《じすきたかひこねのかみ》という男神と、高比賣命《たかひめのみこと》とをお生みになりましたが、高比賣命は別名を下光比賣命《したてるひめのみこと》と申し上げ、阿遅鉏高日子根神《あじすきたかひこねのかみ》は、いま迦毛《かもの》大御神《おおみかみ》と申し上げます。

さらに、その後、大国主神は神屋楯比賣命《かむやたてひめのみこと》とご結婚になって、事代主《ことしろぬしの》神《かみ》をお生みになりました。また、その後、八島牟遅能神《やしまむぢのかみ》の女《むすめ》である鳥耳《とりみみの》神《かみ》とご結婚になって、鳥鳴海神《とりなるみのかみ》をお生みになりました。

この鳥鳴海神《とりなるみのかみ》が日名照額田毘道男伊許知邇神《ひなてりぬかたびちをいこちにのかみ》とご結婚になって、國忍《くにおし》富神《とみのかみ》をお生みになりました。この國忍富神《くにおしとみのかみ》が葦那陀迦神《あしなだかのかみ》、別名を八河江《やかえ》比賣《ひめ》とご結婚になって、速甕《はやみか》の多気佐波夜遅奴美神《たけさはやぢぬみのかみ》をお生みになりました。この速甕《はやみか》の多気佐波夜遅奴美神《たけさはやぢぬみのかみ》が天之甕主神《あめのみかぬしのかみ》の女、前玉比賣《さきたまひめ》とご結婚になって甕主日子神《みかぬしひこのかみ》をお生みになりました。

この甕主日子神《みかぬしひこのかみ》が淤加美神《おかみのかみ》の女の比那良志毘賣《ひならしびめ》とご結婚になって、多比《たひ》理岐志麻流美神《りきしまるみのかみ》をお生みになりました。この多比理岐志麻流美神《たひりきしまるみのかみ》が比比羅《ひひら》木之其花麻豆美神《ぎのそのはなまづみのかみ》の女の活玉前玉比賣神《いくたまさきたまひめのかみ》とご結婚になって、美呂浪神《みろなみのかみ》をお生みになりました。

この美呂浪神《みろなみのかみ》が敷山主神《しきやまぬしのかみ》の女の青沼馬沼押比賣《あおぬうまぬおしひめ》とご結婚になって、布《ぬの》忍富鳥鳴海神《おしとみとりなるみのかみ》をお生みになりました。この布忍富鳥鳴海神《ぬのおしとみとりなるみのかみ》が若盡女神《わかつくしめのかみ》とご結婚になって、天日腹大科度美神《あめのひはらおおしなどみのかみ》をお生みになりました。この天日腹《あめのひはら》大科度美神《おおしなどみのかみ》が天狭霧神《あめのさぎりのかみ》の女、遠津待根神《とおつまちねのかみ》とご結婚になって、遠津山岬多良斯神《とおつやまさきたらしのかみ》をお生みになりました。

以上、八島士奴美神《やしまじぬみのかみ》から遠津山岬帯神《とおつやまさきたらしのかみ》までを十七世《とおあまりななよ》の神と申します。

あとがき

□ 愛の問題

まず最初に〈大国主命のお示しになる人間完成の修行〉という点について考えてみます。

大国主命は、須佐能男命《すさのおのみこと》のところに修行にまいりまして、種々の技を体得して帰りました。その結果、八十神《やそがみ》たちとの協調を保つことができて、国造りの仕事は順調に進んでいったのであります。

これで、大国主命は一安心しておられたところが、今度は内から家庭の問題が起ってまいりまして、ここでまた、大国主命は新たな修行をしなければならなくなったのであります。

つまり、技《わざ》の修行に対して、これは愛の問題、異性との関係交渉の修行であります。どんなに種々の技が達者であっても、この点でだらしがなかったら、やはり、本当の仕事はできません。《しらみとり》の修行の次の修行で、須勢理比賣《すせりひめ》が補助役を努めるのは当然なことです。大国主命の修行の中にはなくてはならぬところで、まことに味わうべき段落であると思います。

こういうわけで、青少年にはわかりにくいところだと思いますが、大人にとっては大切なところですから、いま一度、本文を読み直しながら、思い浮かんでくるいろいろな考えを申し上げます。

□男女の性の関係

『古事記』には、しばしば結婚を初めとして、男女間の性に関係のあることがらが取り扱ってあります。それに対して、穢《けが》らわしいとか、品が悪いとかいう感じを持つ人があるようですから、このことについて申し上げます。

元来、性に関することは、それ自体、別に上品なことでも下品なことでもないのであります。上品か下品か、清いことか穢らわしいことかは、その性的なことがらの取り扱いの仕方、気持ち、態度によって決まってくるのであります。言いかえれば、性的なことがらは、下品でないように、穢らわしくないように、取り扱わなければならぬことであります。

性的なことは、もっとも神聖なことがらとして取り扱わなければなりませんし、性的なことは、人生において、もっとも重大な意味を持ったことがらであり、また、もっとも根本的なことがらであり、しかも、たいへん分かりやすいことがらですから『古事記』の中に、その性的なことがらが多いのは、なんら怪《あや》しむべきことではありませんし、むしろ当然のことと思うのであります。

〈言うに恥ずかしいこと〉と〈言ってはならぬこと〉とは、別であります。〈行なうに恥ずかしいこと〉と〈行なってはならぬこと〉とは、別でありまます。性的な事柄は〈言うに恥ずかしいこと〉であり〈行なうに恥ずかしいこと〉でしょうが〈言ってはならぬこと〉でも〈行なってはならぬこと〉でもないのであります。

いやしくも『古事記』を読むのに、これくらいのものの道理を忘れて読むという、その態度がどうかしていますから『古事記』にある性的なことがらが、卑《いや》しく見えたり、猥褻《わいせつ》に見えたりするのであります。

また〈子どもに知らせてはならぬこと〉と〈穢らわしいこと〉とは別であります。性的なことがらには、子どもに知らせてはならないことが多いのであります。

『古事記』には、その性的なことがらを、もっとも重大なことがらとして、しばしば扱っているために、子どもにそのまま読ませたり、話したりするわけにはいきません。そのために、子どもにわかるようにしたお伽噺《とぎばなし》には、肝心なところが省略されており、そのために、真実味のない、面白くないものになりやすいのであります。

そういう気の抜けたお伽噺だけ知っている大人が『古事記』を面白く思わないのは、やむをえないことかも知れません。

□ よばい

次は《よばい》ということについて申し上げます。《よばい》ということは、言葉の意味から言うと〝呼ぶ〟ことですが、それが一転して〈男性から女性を呼ぶこと〉〈女性から男性を呼ぶこと〉に用いられるようになりました。

人の生活は一人では成り立ちません。人は他人を〝呼ぶ〟ことなしには生活できないのであります。お互いに心の中で、他人の存在することを頼りにしながら生活していくのであります。これが人間と人間との間にある有難く懐かしく思い合う心であります。

この気持ちが表面に現れるとき〝よばう〟気持ちになり〝よびかえす〟気持ちになります。また、この気持ちが男性と女性の間に現われたのが、ここでいう《よばい》で、この点から言うと、一般に人と人との間の〝よびあい〟を広義の《よばい》といたしますならば、男性と女性の間の〝よびあい〟は狭義の《よばい》ということができます。

この男性から女性を、女性から男性を〝呼ぶ〟気持ちと、その実現とは、生物界一般に存在する根本原理の一つであります。鳥がさえずるのも、馬や猫が鳴くのも、この《よばい》が多いのであります。植物が美しい花を咲かせるのも、この《よばい》の表現であります。

無生物界においても、有無《うむ》相補《あいおぎな》い相通じる現象の多いことを見ますと、この《よばい》の原理は、無生物界にも通じる原理であります。それからまた、人間界と、生物界と、無生物界の間にも、お互いにこの《よばい》の原理が行われているのであります。

このような考えのもとに〈有難く懐かしみ思う〉ということを説明いたしましょう。

自分に無くて、しかし、自分にとって必要なものは、それを得て自分を円満なものにしたいのであります。いつでもいくらでも得られるありふれたものは問題になりませんが、容易に得がたいものは、ありふれざるものであり、有難いものですから、それを得た場合は、大いなる喜びであり、それで、有難いという感謝の気持ちが起ってくるのであります。

そこで、その容易に得がたい、有難いものがあった場合に、そのもの、対象物、すなわち〝汝〟に対して近づくことが〝なつかし〟であります。〝汝〟に自分がつくか、自分が〝汝〟につくのが〝なつく〟であります。

このように考えてみますと《よばい》の原理の中から〈有難く懐かしみ思う〉原理が、当然に出てくるのであります。

『神ながらの五則』の第一則に

「各《おの》も各《おの》もの上に神のましますこと忘れざること」

とあるのを、この《よばい》の原理で味わってみると、味わいが深いと思います。世の中にありとしあるものは、みな必ず、何物かに〃呼ばれ〃ているに違いないのであります。世の中は〃呼び合い〃であります。

この点がわかりましたならば、第二則の

「つねに有難く懐かしみ思う心をもって物事に向かうこと」

というところも、よくわかるように思います。

□ やまとことば

さて、お話を狭義の《よばい》すなわち、男女間の《よばい》にもどします。

一般的に、男性としては、女性の中によばうべき要素を見出します。女性としては、男性の中によばうべき要素を見出します。見出すべきもののない状態は、これを中性と言うのであります。

この男性と女性の間の《よばい》の極まったところ《よばい》の精華《せいか》として、結婚という現象が見られるのであります。この結婚に至るまで、男性と女性との間にある《よばい》の現象を、昔ながらの『やまとことば』によって示すと、つぎのようになります。

みこと
- ひこ — をとこ — むすこ— ひょっとこ
  - むこ
  - つま—こ（子）
    - こ
    - め
- ひめ — をとめ — むすめ— おかめ ——— よめ

　これは『やまとことば』を、一つの考えのもとに並べて見たのですが、これをご覧になればおわかりのように、男性は〝こ〟で現わされ、女性は〝め〟で現わされております。

　この〝こ〟と〝め〟とが、互いに呼び合うところ、見合うところに、全体としての《みこと》の進歩、すなわち、人間の文化が実現されるのであります。

　こうして《よばう》ところから《見合う》ところを通り、ついに《身合《みあ》う》ところへいったものが、いわゆる結婚であります。この結婚は、欠けたところのある一男性と、同じく欠けたところのある一女性とが結びついて、初めて人としての円満な姿を現わしたのですから、これを『つま（夫婦）』と言います。夫をも〝つま〟と言い、妻をも〝つま〟と言います。

　この意味において『夫婦』は円満完全な人間の一単位であります。

　このような『つま（夫婦）』の、男性の表現者を〝むこ〟と言い、女性の表現者を〝よめ〟と言います。こうして一心同体の『つま（夫婦）』が〝むこ〟として〝よめ〟として、さらに、夫として妻としての受持ちによって協力していくところが『家』であります。

ところが、後世になって『つま（夫婦）』は妻に限られ用いられるようになりました。《よばい》ということも、その根本義が忘れられて《夜這《よば》い》ということと誤り用いられるようになりました。《夜這い》というのは、夜間に自分の配偶者ではない者の寝室に忍び込むことを言うようであります。

大国主命が高志《こし》の国の沼河比賣《ぬなかわひめ》を婚《よば》いに幸行《いでま》した際の婚《よば》いを、このような単純な《夜這い》と解することは間違いも甚《はなは》だしいのであります。

□ 夫婦問《つまど》い

次は《つまどい》ということを中心に申し上げます。

《つまどい》は《夫婦問《つまど》い》であって、本居宣長《もとおりのりなが》先生の『古事記伝』では、大国主命が、高志《こし》の国の沼河比賣のところに幸行《いでま》れた部分を「八千矛神《やちほこのかみ》（大国主命の別名）の御妻問《みつまど》いの段《だん》」として、段落をつけておりますが、その《夫婦問い》について申し上げます。

《つまどい》ということは、簡単に考えれば、夫が妻を問うことですが、そういう簡単な意味に、この言葉を解釈するのは、ずっと後世のことで、《つまどい》にも、また味わうべき深さがあるのでございます。

元来《つまどい》ということの第一の意義は〈『つま（夫婦）』としての正しい道を歩いているかどうか〉を問い合い励まし合うことであります。

夫が自分自身を反省して〈自分は妻に対して、夫としての充分な気持ちをもち、夫としての誠の道を尽くしているかどうか〉と心を遣うことも《つまどい》であります。

あるいは、夫が妻に対して〈自分の妻は、本当に妻として、その心持ちにかけるところがなく、また、妻としての道を踏み行っているかどうか〉ということについて心を遣うのも《つまどい》でありますし、妻の側から言っても、全く同じことであります。

要するに《つまどい》ということは

「よき夫であるか、よき妻であるか」

を確かめ合うことで、結婚した男女が、夫婦の道を追進する上に、なくてはならない心がけなのであります。

狭義の《つまどい》つまり、夫婦が互いに相手のいるところを訪ね合うことも、広義の《つま（夫婦）問い》の遂行のためには、欠くことのできない一つの方法ですが、それが《つまどい》の全部ではありません。

夫婦が訪ね合うことも、結局《つま（夫婦）》であることの確かめ合いであり、確かめ合って、さらに〝つま〟であることの実績を挙げようということであります。

つまり、夫婦の間の《よばい》と《見あい》が《つまどい》であって、それがさらに《身合い》の意味の《つま（夫婦）問い》にもなるのでありま す。

□一夫多妻

さて《つまどい》の一般論はこれくらいにして、ここで『古事記』の本文について、考えることにいたしましょう。

大国主命のお仕事は《国造り》で、その国の構成員の半分は女性です。その女性を含む国を治めるためには、大国主命自身としては、女性に対する真の道を知らねばなりません。体外的には立派な内助者が必要です。そこで『古事記』が示していることは、大国主命と、その内助者としての須勢理比賣との修行であります。つまり、第一義の《つまどい》のありさまを示しておるのであります。

その道筋を申し上げますと、まず第一に、大国主命の失策は、八上比賣をお呼びになる時の心構えに隙《すき》があったことであります。そのために、八上比賣が苦しい立場に立つことになりましたが、さすがに八上比賣は立派にこの苦境を切り抜けました。

大国主命の使命と、須勢理比賣の立場とを、はっきり認めて、見畏《みかしこ》まれて、身をお引きになったのがそれであります。そこで、大国主命としては自己の心構えについて、反省しなければならなかったはずです。須勢理比賣もまた、この八上比賣の悲壮《ひそう》な処置に対して、見畏まれて、慎《つつし》み深い気持ちになるべきだったのであります。

ところがお二柱《ふたはしら》の神さまは、ともどもに見畏みの心を起こされなかったのであります。大国主命はただ悲しい気持ちになられただけでした。須勢理比賣は勝ちさびの心を起こされて、高慢な気持ちになったのであります。

お二柱の神さまは、共に真の《つまどい》をなさらなかったわけで、これが夫婦の溝であって、この溝を取り除くために、お二柱の神さまが、ともどもに苦しまれるとともに、他にも沼河比賣という犠牲者が生まれることになります。

こうして〈こんなことでは国造りができない〉と焦られた大国主命が、間違った《つまどい》をなさることになったのであります。国造りの内助者は、須佐能男命のご委任を守って、あくまでも須勢理比賣に求めなければならなかったにもかかわらず、それを、他に求めようとなさったのであります。

すなわち
「八千矛の　神の命《みこと》は　八島国《やしまくに》　妻覓《ま》ぎかねて　遠遠《とほとほ》し　高志《こし》の国に　賢《さか》し女《め》を　ありと聞かして　麗《くわ》し女《め》を　ありと聞こして　さ婚《よば》ひに　あり立たし」
ということになったのであります。
そこで、この誤った《つまどい》すなわち、片寄ったひたむきな恋に対して、沼河比賣はご同情なさるとともに、思い惑われたのであります。しかし、大国主命の国造りの重大な使命を考えられ、また、大国主命の〝いのち〟の上に過ちがあってはならないという、ゆかしい心遣いから、沼河比賣は終《つい》に大国主命の《つまどい》を受け入れられたのであります。
この間の消息は、沼河比賣の歌の中に
「……命《みこと》は　な殺《し》せたまひそ」
という言葉があり、また

「……あやにな恋ひ聞こし」

とあるのを見ても、あるいは
「その夜は合わずて　明日《くるひ》の夜、御合《みあひ》したまひき」

というところにもうかがわれます。

さて、大国主命の沼河比賣に対する求婚は、もとより浮気からなさったことではありません。そこで沼河比賣の純情にふれて、大国主命は心から沼河比賣に感謝すると共に、ご自分が《つまどい》を誤ったということをお感じになって、寂しい気持ちになられたのであります。

『古事記』のここのところを読むときは、八上比賣のために泣き、沼河比賣のために泣かなければなりません。同時にまた、大国主命と共に苦しまねばならないのであります。

なぜなら〈人の世にこういうことがあれかし〉と示しているのではなくて〈こういうことはあってはならぬ悲しいことであるぞ〉と感じさせて

「人の世にこういうことのないようにせよ」

という道を指し示しているのであります。

また、この《つまどい（妻問い）》の段を読んで〈すでに一人の妻ある者が、未だ妻ならざる他の婦人に対して、求婚することも差し支えない〉ということを暗示していると考える人があるならば、それは甚だしい誤りであります。

一夫多妻を許容して、それを奨《すす》めていると読むのも、たいへんな誤りであって、一夫多妻を奨めるどころではなくて、むしろその反対に、一夫多妻ということの人間性に反する事実を示していると解すべきで、少しも理屈を言わないで、根本を示していることに気付かなければなりません。

□ 夫婦の誓い

次は《うきゆい》ということを中心に申し上げます。《うきゆい》ということは、漢字で書くと《盞結《うきゆい》》であって、酒杯《さかずき》を取り交わして、心の動かぬことを誓うことであります。

結局、夫婦の間にあっては、この《うきゆい》が中心で、これを土台にして、その上にこそ、夫婦間の正しい《よばい》も、正しい《つまどい》も存在するのであり、そのことを示しているのが『古事記』の今回の分の趣旨なのであります。

夫婦の実態は、天地神明に誓って、天地の化育《かいく》に参加するところの一根本共同体を形成して、その実を挙げていくところにあります。もっとくだけて申しますなら、神さまにお誓いして、親兄弟、親戚朋友《ほうゆう》の祝福を受けて、家をつくり、村をつくり、国をつくる仕事をするのが、夫婦の役目であります。されぱこそ、その生むところの子は、家の子であり、村の子であり、国の子であり、神の子なのであります。
そこで、このような天地の創造化育《そうぞうかいく》に参加する初めにあたって、これを天地神明に誓うために、お神酒《みき》をいただいて、結婚の式をするのでありま
す。したがって、いったん夫婦となった以上は、その夫婦の根本の気持ちに揺《ゆ》るぎがあってはならないことは言うまでもありません。
ところが〝誓い〟というものは、その実質を申しますと、ある事柄を
「このようにいたします」
と誓うと言っても、実際の意味は
「必ずそうします」
というところにあるのではなくて
「そのようにするために最大の努力を払います」
というところにあるわけです。
もしも〝誓い〟が、ある事柄を

「このようにいたします」

という、絶対のものであれば、そういう〝誓い〟は、この世の中に存在しないはずであります。そんな〝誓い〟のできる人間は、一人もいないのであります。

夫婦の〝誓い〟も、そのとおりでして、実は、夫婦の誓いは

「夫婦という尊い道を間違いなく歩かせていただきます」

という〝いのり〟なのであります。

したがって、いったん神前に〝誓い〟を立てたからといって、それで安心してしまってはたいへんです。

つまり〝誓い〟を立てたその時が出発点となって、夫婦の道の追求がはじまるのであります。

「夫として間違いない道を歩いているか」

あるいは

「妻として間違いない道を歩いているか」

というこどを常に反省していかなければならない。要するに、お互いに第一義の《つまどい》をしなければならないのであります。

そして《つまどい》をしては〝誓い〟の心を新たにして、揺るぎない誠意を確かめ合い、喜び合って、いよいよ心を動かさぬように励まし合うのが《うきゆい》の根本義であって、言い替えれば、夫婦の道には《うきゆい》ということはなくてはならぬ事柄であります。

□ 酒杯《さかずき》ごと

実際に、一人の男と一人の女が結婚して、家をつくり経営していくことは、決して容易なことではなくて、必ず数々の波風が吹き付けてくるものであります。

これを悲観的に見れば、自らの人生実現のための、男女の永遠の闘争であると言えます。思わぬ事故で、夫婦の一方が欠けて帰らぬ場合もあります。飽きてはならぬはずなのに倦怠《けんたい》を感じ出す場合もあります。永遠に変わってはならぬ愛情に異変が起こる場合があります。思わぬ第三者の侵害を受ける場合もあります。

そのような場合には、はっきりとその波風の正体を見届けて、その障害物を取り除かなければなりません。その場合の、夫婦の心構えも《うきゆい》であって、このような障害を取り除いて進んでいくところにこそ、結婚生活の尊さがあるのであります。

世の中の実相《じっそう》は『弥栄《いやさか》の生命』でありますし、夫婦生活の実態も『弥栄の生命』の実現でありますから、夫婦生活の上には永遠の向上がなければなりません。しかし、向上はその中に必ず実現の否定を含みますが、その否定は苦しみの上に立つ喜びですし、これが夫婦間の《うきゆい》ですから《うきゆい》はまた、夫婦間の永遠の〝禊《みそ》ぎ〟でもあります。

この《うきゆい》については〈酒杯《さかずき》を取り交わして〉というところを気にする人があるかも知れませんから、そのことについて申し上げます。

酒杯の中には酒が入っているのですが、昔の人たちが酒を飲む時には、それは、お神酒《みき》としていただいたのであって、アルコールとして、肉体を酔わすものとして用いたのではありません。

神前にお供えした酒を神さまからいただいて、それをもって、お互いの心身の禊《みそ》ぎをするのであります。したがって、今でも結婚式などの時には、もっとも重要なこととして、この『さかずきごと』がございます。

ところが、酒の製造法がだんだん進歩して、酒そのものを味わうほうが主になって、酒をお神酒としていただくという意味が忘れられてきたのであります。しかも、アルコール分が強くて、中毒を起こしたり、酔《よ》っ払《ぱら》ったりするような酒が、酒の主流になったのであります。

昔は、そんな酒はなかったはずですし、かりにアルコール分の強いものがあったにしたところで、そう無茶苦茶に用いたものではないはずであります。ただの水ではあまりにもあっけないから、経済的にも大切であり、飲んでいくぶん気持ちの変わる酒を用いたのであって、これは当然なことであると存じます。

この『さかずきごと』の酒を、スナックやクラブで取り交わす酒と同じように考えるようになったら、それは大変な間違いですが、現代では、儀式だけはあっても、実際の気持ちはアルコールの味が主になっているようであります。

□ 身合《みあ》い

次に《身合い》ということを中心に考えてみます。

男性から女性の存在を頼りにして、女性から男性の存在を頼りにして、そこに、人生というもの、世の中というもの、人類の文化というものが作られ、支えられ、栄えていくのであります。

これが、永遠の男性と女性との《よばい》の現象であり《身合い》の現象であり、男性と女性との頼りあいであります。

この《よばい》と《身合い》の精髄《せいずい》は結婚であります。したがって、いったん結婚して夫婦となった場合には、必ずその結婚生活には《身合い》が伴います。《身合い》しない夫婦は、夫婦ではありません。初めから《身合い》しないという条件で結びついた場合には、それは夫婦ではありません。

結婚してから、その結婚生活の途中において、何らかの物的な、外部的な事情のために《身合い》を中止するとか、禁止するとかいうことであるなら、それはやむを得ませんが、初めから《身合い》しないという気構えでは、それは結婚生活にはなりません。

夫婦の場合においては、男性一般と女性一般との間に存在する《よばい》の原理と《身合い》の原理という普遍的原理が、一男一女の間に、もっとも奥深く、もっとも具体的に実現されるのであって、その奥深さと、その具体的な、もっとも極まったところが夫婦の《身合い》であります。

このように考えるなら、夫婦間の《身合い》は、この世の中において、もっとも根本的な事柄であることは明らかで、もっとも神聖なこと、もっとも大切なこと、もっとも喜ばしいこと、もっとも楽しいことになるように、最善の努力を払うべきであります。

夫婦間の《身合い》をもって、猥《みだ》らなことと考える人があれば、その考えは誤っております。しかし《身合い》は夫婦間にあってこそ神聖たりうるのであって、ことごとくの《身合い》が神聖たりうるものではありません。この点を誤れば大変であります。

夫婦間の《身合い》は神聖だということから脱線して《身合い》はことごとく神聖だと考えるようになれば大変であります。このような《身合い》のもつところの普遍性と、重大性と、神聖性《しんせい》と、歓喜性《かんき》とを基礎として、正しい意味の生殖器崇拝《すうはい》ということも起これば、誤った意味の生殖器崇拝も、いわゆる淫祀邪教《いんしじゃきょう》も生まれてくるわけであります。

夫婦の愛は、物心一如の愛、霊肉一致が原則であります。この原則から逸《そ》れたときは、夫婦の愛の上に病気が起こったのでして、これは治癒《ちゆ》しなければなりません。

このことをあからさまに指し示しているのが『古事記』のこの段落であろうかと存じます。

□ 共に泣く

次に、一夫多妻について申し上げます。

結婚生活の基本は《よばい》と《みあい》の実現としての《身合い》ですから、夫婦は一夫一妻の結合を原則とすることは申し上げるまでもなくて『古事記』の指し示しているところも、もちろんそこにあります。

ところが、人類の歴史の示すところは、この原則を守ることができなくて、雑婚時代、一妻多夫時代、一夫多妻時代、一夫一妻時代という、種々の結婚の歴史を描き出しており、われわれは歴史上の厳然とした事実に対して、あまり呑気《のんき》な気持ちで、批評を加えることは慎《つつし》まなければならないと思います。

人間は結婚せずには過ごせません。結婚する場合は、一男一女の夫婦でありたいことは、古今東西に通じる欲求、あらゆる生物界に通じる欲求であります。

しかしながら、結婚生活を維持することと、子どもを育てることは、ただ単に、気持ちだけではすまされなくて、必ずそこには、社会的、経済的な条件が備わってこなければなりません。

男女の愛に根本的な変化はなくても、社会的、経済的な条件には、時と所によって変動があります。この変動が原因になって、一男一女の夫婦の根本原理に変わりはなくても、結婚という長い生活の上には、一夫多妻、一妻多夫の結婚生活様式が生まれておるのであります。

たとえば〈大部分の男性が旅に出なければ生活が支えられない〉という時代のことを考えてみましょう。

その旅が戦いのための出陣であって、十中の五とか六までは死を伴うものであっても、女性はこのような危険性を持つ男性と結婚するより仕方がありませんし、しかも、その男性が少なくて、女性の側に男性を保《も》ちたいという欲求があれば、その結果は、一夫多妻にならざるを得ません。

あるいは、離婚を易々《いい》とする前提のもとに、短期間の一夫一妻制で満足しなければならないことになります。それは、短期間でみれば一夫一妻制ですが、女性の一生から見れば一妻多夫制になるのであります。

女性の側から言って、夫が長い旅に出たからというので、易々と離婚することはできがたいことですし、一つの旅を一つの人生としなければならない夫が、その旅先で、他の女性と結婚した場合、そのまま先妻のところに帰らずに死ねば問題は起こりませんが、死なずに無事に帰った場合には、二人妻を持つ結果になります。

このようにして、人間の本性は一夫一妻制の確立を求めておっても、いろんな歴史の発展段階に制約されて、種々の結婚生活様式が生まれておるのでございます。

おそらく『古事記』の物語が、生活の指導原理としての役目を果たしておった時代は、一夫多妻の時代だったのでありましょう。その一夫多妻制

のもとにあって
「一夫一婦制に移していきたい」

という素直な苦しみを、はっきり描き出しているこの段階が、特に深い意義を持つのであります。

したがって『古事記』のここのところを読んで、八上比賣、沼河比賣、須勢理比賣、大国主命のために、共に泣き共に苦しむ心がなければ、ここのところは、永久に理解できないことになります。

つまり、ここのところは
「結婚生活は、真心を持って、素直に営むべきものである」

ということを、いわゆる教訓でもなく、お説教でもなく、一つの物語として示しておるのであります。

赤穂義士《あこうぎし》の芝居を観る人は、義士の真心にふれて泣けばよいのであって、仇を討ったり腹を切ったりしてはならないのと同じことであります。

チベットで行なわれている一妻多夫制を見て、自身もそうしようと思う人が馬鹿者であると同様に、チベット人のために泣くことをしないで

「チベット人は野蛮《やばん》だ」

と言って笑う人も、馬鹿者だと思うのであります。

《やまとだましい》というものは、そんな簡単なものではないと思います。チベット人の結婚様式に泣くだけの《やまとだましい》をもって、この『古事記』を読めぬ人は

「『古事記』読みの『古事記』知らず」

であります。

改編に際して

教壇《きょうだん》の阿部國治《くにはる》先生を想い浮かべております。

一か月に一回の講義でしたが、私たち学生はみんな、その日を楽しみにしておりました。聞く者の心を引き付けてやまなかったせいでしょう。二時間ぶっ続けの講義でしたが、いつもアッという間に終わりました。

「私の目を見ながら聞きなさい。ノートをとってはいけません」

とおっしゃるのが常でした。

「『古事記』と『万葉集』の解釈については、日本中の誰にも引けを取らない自信があります」

とおっしゃったほどですから、これの研究については、それほどに打ち込まれたのだろうと思います。

そして、講義の折々《おりおり》に

「原始人兼最高の文明人を目指すのが私の教育の基本原理です。リーダーになるなら、日本一のリーダーになりなさい。靴《くつ》磨きになるなら、日本一の靴磨きになりなさい」

「ホンモノとニセモノとを見分ける力を身につけなさい」

とも教えて下さいました。

さて〈新釈古事記伝〉第一集『袋背負《ふくろしょ》いの心』に続く、第二集『盞《うき》結《ゆい》』は、第三章へみはらい、第四章しらみとり、第五章うきゆい、の三章で構成しております。

著者の阿部國治先生は、第五章うきゆい、の執筆に際して

「〈こういう箇所をかくのはどういうものか〉という気持ちがちょっといたしましたが、よく考えてみれば、こういう箇所をはっきりすることが、かえって大事であると思います。私自身、息詰まるような気持ちで『古事記』の原典を読みながら筆を執っております。まったく大人の世界のこと

であり、あからさまの事実の中に向かうべき理想を明らかに示しております」

と、自らの決意を述べておられます。

門下生の私自身も、御魂鎮《みたましず》めをして、改編作業に従い、祈りを込めて世に送り出したいと思います。

平成十二年三月

栗　山　要
（阿部國治先生門下）

〈著者略歴〉
阿部國治（あべ・くにはる）
明治30年群馬県生まれ。第一高等学校を経て東京帝国大学法学部を首席で卒業後、同大学院へ進学。同大学の副手に就任。その後、東京帝国大学文学部印度哲学科を首席で卒業する。私立川村女学園教頭、満蒙開拓指導員養成所の教学部長を経て、私立川村短期大学教授、川村高等学校副校長となる。昭和44年死去。主な著書に『ふくろしよいのこころ』等がある。

〈編者略歴〉
栗山要（くりやま・かなめ）
大正14年兵庫県生まれ。昭和15年満蒙開拓青少年義勇軍に応募。各地の訓練所及び満蒙開拓指導員養成所を経て、20年召集令状を受け岡山連隊に入営。同年終戦で除隊。戦後は広島管区気象台産業気象研究所、兵庫県庁を経て、45年から日本講演会主筆。平成21年に退職。恩師・阿部國治の文献を編集し、『新釈古事記伝』（全7巻）を刊行。

新釈古事記伝 第2集
盞結〈うきゆい〉

平成二十六年四月二十九日第一刷発行
令和四年十一月二十日第六刷発行

著者 阿部國治
編者 栗山要
発行者 藤尾秀昭
発行所 致知出版社
〒150-0001東京都渋谷区神宮前四の二十四の九
TEL（〇三）三七九六―二一一一
印刷・製本 中央精版印刷
落丁・乱丁はお取替え致します。 （検印廃止）

ISBN978-4-8009-1034-9 C0095
ホームページ http://www.chichi.co.jp
Eメール books@chichi.co.jp